Erste Auflage 2020

KATAPULT-Verlag Greifswald
© Copyright KATAPULT-Verlag 2020
Herausgeber: Benjamin Fredrich, verantw. n. §55 Abs. 2 RStV

www.katapult-magazin.de
redaktion@katapult-magazin.de

Illustration: Andrea Köster
www.laquesti.com

Gesetzt aus der Crimson und der Gotham
Druck und Bindung: DZS Grafik, Slowenien

ISBN 978-3-948923-03-7

ClimatePartner.com/13357-2009-1010

Benjamin Fredrich

DIE REDAKTION

Roman

Illustrationen
von Andrea Köster

Für meine Eltern,
die mich immer haben
machen lassen

alles

SCHWIMMHALLE

Schwalbe stottert. Blaulicht kommt näher. Mist. Die Bullen holen uns ein. Schwalbe zieht, stottert, zieht, stottert. Das wars, denke ich. Diesmal haben die Bullen gewonnen. Ronja trommelt von hinten auf meinen Rücken und ruft: »HALT AN! HALT ENDLICH AN, BENNI! STOPP JETZT!« Ich denk nicht dran, ziehe aus Versehen den Choke und würge den Motor ab. Das wars. Blaulicht kommt noch näher. Wir sind geliefert. »Okay, danke Benni«, sagt Ronja. »Wir können doch nicht einfach vor der Polizei abhauen! Das kann ja wohl nicht wahr sein!« Die Bullerei ist noch zwanzig Meter entfernt. Wir rollen mit 20 km/h und abgewürgtem Motor langsam aus. Letzte Chance: Ersten Gang rein, Kupplung kommen lassen. Das muss klappen! Na komm! Na? Na?!? Motor heult auf. Jahaaa!! Maschine läuft rund! Wir beschleunigen. Kein Stottern. Ronja hämmert wieder auf meinen Rücken ein: »HALT SOFORT AN, BENNI! WIR MÜSSEN UNS STELLEN! HALT AN ODER ICH SPRING RUNTER!«

»Ronja, wir sind zu schnell dafür! Halt dich einfach fest«, rufe ich nach hinten.

»Ich will aber nicht«, antwortet sie und trommelt noch stärker.

Wir fahren die Wolgaster Richtung Eldena, Motor läuft wieder sauber. Ne Schwalbe gibt nicht so schnell auf. Hinterm Netto nur noch links Richtung Ryckwäldchen und ab in den Wald. Dort sind wir sicher. Da stehen zwei schicke Poller, durch die die Klappspaten mit ihrem dicken Bus nicht durchpassen. Das hab ich mir schon immer gedacht, wenn die mich mal verfolgen, könnte ich hier schön durch die Poller fahren und die stehen dann dumm da und denken: »Ja äh, also der Bus ist irgendwie zu groß, um hier durchzufahren. Schön blöd sind wir von der Polizei.« Haha, die Trottel! Na gut, nicht ganz, sie haben gemerkt, was ich vorhabe, und fahren aus Verzweiflung so dicht auf, dass sie uns fast rammen. Sind die bescheuert oder was? Das Blaulicht nervt auch. Wir erreichen die Poller und sind sicher, aber Ronja ist, obwohl wir doch voll gewonnen haben, nicht so gut gelaunt: »Warum machst du das? Du kannst die doch nicht einfach so Bumsköter nennen?! Das war doch klar, dass die so reagieren!«

»Aber Ronja, das ist von Loriot. Das ist n normaler Name. Das war im Fernsehen.«

»Aber der Polizist hieß doch gar nicht so!«

»Aber es ist ein normaler Name.«

»Nein, das ist eine Beleidigung, Benni!«

»Nee, also das ist jetzt ne Beleidigung für alle, die wirklich Bumsköter heißen.«

»Aber wer heißt denn so?! Mann ey!«

»Na der von Loriot und viele andere sicher auch und der eine Bulle jetzt auch, meine Meinung.«

»Ich will jetzt sofort aus diesem Wald raus! Ich will nach Hause!«, bricht Ronja das Gespräch ab. Ich fahre sie den Ryck entlang nach Hause, damit sie wieder zu ihrem langweiligen Freund zurückkann, und habe irgendwie das Gefühl, dass die Aktion nicht so gut bei ihr angekommen ist, obwohl ich der Polizei doch anständig den Mittelfinger gezeigt und lässig Bumsköter rübergerufen hatte. Das war doch cool ohne Ende! Aber wenn ich das jetzt richtig verstanden

habe, interpretiert Ronja die Situation wohl anders. Kurz vor ihrer Haustür in der Langen Straße eskaliert die Sache dann noch mal. Richtig scheiße: Die Bullen kommen mit einer Affengeschwindigkeit von rechts aus der Fischstraße auf die Lange Straße gebrettert und schneiden uns den Weg ab, sodass ich einfach anhalte und aufgebe, auch weil Ronja mich ganz weichkritisiert hat. Wir bleiben stehen. Motor aus. Na das kann ja was werden jetzt. »So, Freundchen, runter vom Moped!«, sagt der eine Bulle. »Du kommst jetzt mal schön mit auf's Revier, würd ich sagen.«

Wir steigen ab. Ronja steht da und schüttelt den Kopf.

»Würd ich aber nicht sagen«, sage ich, »ich lasse die Schwalbe hier nicht alleine stehen. Das geht nicht.«

»Das ist mir dermaßen lattenegal, Junge, ab in den Bus! Sofort! Beamtenbeleidigung, Fahren ohne Helm und auf dem Gehweg, Fahrerflucht – wir sind doch hier nicht in Vietnam!«

Lattenegal? Vietnam? Wie spricht der denn, denke ich, was ist denn mit dem los? Warum denn überhaupt Vietnam, was soll der Scheiß.

»Waren Sie ein einziges Mal in Ihrem Leben in Vietnam, oder ist Ihnen auf die Schnelle kein anderes Land eingefallen?«

Jetzt weiß er wohl gar nicht mehr weiter, weshalb er nur noch meinen linken Arm packt und etwas lauter sagt: »Ab in den Bus! SOFORT!«

Nach einer Stunde und dem dusseligen Prozedere auf dem Revier laufe ich zurück in die Lange Straße Ecke Fischstraße, um meine rote Schwalbe, Baujahr 1967, wieder einzusammeln. Ich komme an und es ist, wie ich es den Bullen gesagt hatte: So eine Schwalbe darf man nicht alleine stehen lassen. Sie ist nicht mehr da. Tolle Aktion.

Die Schwalbe wurde geklaut und Ronja findet mich nur noch mittel, vor allem ohne Schwalbe. Ich erstelle noch in der Nacht ein Gesuch auf dem Schwarzen Brett der Uni. Diese Schwalbe darf echt nicht geklaut werden. Das ist meine. Die ist rot. Die ist wichtig. Niemand meldet sich, obwohl ich einen Finderlohn von 500 Euro ausgeschrieben habe – alles, was ich aufm Konto habe.

Fünf Jahre später.

»Bauer auf E4«, sagt Ronja. Wir sitzen im Ravic und spielen Schach, obwohl das gar nicht so einfach ist, denn die Kneipe ist rammelvoll. Jürgen spielt Lemon Tree auf dem Klavier und singt dazu, was das Zeug hält. Alle singen mit, mindestens den Refrain. Und Ronja verkündet die ganze Zeit laut, wohin sie ihre Figuren schiebt, als ob ich blind wäre. Um 3:06 Uhr kommt ein Typ mit übergezogener Kapuze und riesengroßer Sonnenbrille zu mir und sagt etwas schräg von der Seite: »Falladastraße 7. Hinterhof.« Was will ER denn?, denke ich. Ronja fragt: »Was wollte der?« Keine Ahnung, der hat mir ne Straße gesagt und dann »Hinterhof«. Der ist entweder durch oder das ist eine Geheimsprache, die ich nicht kenne. Scheiß drauf. Unentschieden? Ronja schlägt ein und sagt laut »Remis«. Wir fahren zu mir nach Hause, aber ich kann nicht einschlafen. Um 4:17 Uhr spring ich aus dem Bett und sag zu Ronja, ich halte es nicht mehr aus. Ich muss jetzt wissen, was in der Falladastraße 7 los ist! Ich fahre da jetzt hin. »Alleine?«, fragt sie. »Du kannst doch da jetzt nicht um diese Uhrzeit alleine hinfahren. Wir wissen ja gar nicht, was da ist. Der Typ war doch verwirrt.«

»Ja genau«, sage ich, »aber Verwirrte haben auch manchmal nen Punkt und deshalb muss ich da jetzt hin. Da ist irgendwas und wenn nicht, ist auch egal.«

Ich fahre in die Falladastraße und stehe vor einem großen Mehrfamilienhaus. Die Lichter sind alle aus. Ist ja auch halb fünf. Also los, ich muss über den Zaun klettern, um in den Hinterhof zu kommen. Es ist nicht komplett dunkel, denn der Mond leuchtet etwas. Komisch. Hier liegt überall Kinderspielzeug rum. Was soll mir das sagen? Puppen, riesengroßes Stoffpony, Roller und immer wieder Puppen, überall Puppen. Wer hat denn so viele Puppen im Garten liegen? Ich nehme aus Neugier eine Puppe in die Hand. Das war keine gute Idee. »Hallo, ich bin Maggie«, sagt die Puppe viel zu laut. Erschrocken werfe ich das Teil wieder auf den Boden. »Wie geht es dir heute?«, fragt Maggie. Mist. Die scheiß Puppe hört nicht auf zu reden! Im Keller des Hauses geht Licht an. Nicht gut, denke ich, ich muss hier weg! »Hallo, ich bin Maggie«, sagt Maggie noch mal. Ich springe über den nächsten Zaun zu den Nachbarn. Dort bellt natürlich gleich ein bekloppter Hund. Ich springe wieder zurück in den Puppen-Garten und verstecke mich in der Hecke. Maggie sagt: »Ich mag Blumen, und du?« Aus dem Keller kommt ein Mann im Nachthemd, bewaffnet mit einem Besen, geht zu Maggie, bückt sich zu ihr runter und schaltet sie mit einem Handgriff aus. Maggie ist jetzt stumm. Der Besenmann richtet sich wieder auf, mustert den Hinterhof und bleibt stehen. Warum bleibt er jetzt stehen? Kann er nicht zurückgehen? Die Töle vom Nachbarn ist mittlerweile am Zaun und bellt in meine Richtung. Was ein Köter, muss das jetzt sein? Der Besenmann kommt langsam Richtung Hecke. Auf einmal

geht auch beim Nachbarn das Licht an: »Balu! Balu! Was soll denn das? Komm her! Na komm!«, ruft jemand und Balu gehorcht. Er läuft zum Haus zurück ins Licht und legt sich zwischen Haus und Garage. Braves Hündchen. Was ich jetzt durch das Licht sehen kann, da stehen ein blauer Specht oder Habicht (weiß nicht so genau) und eine blaue Schwalbe beim Nachbarn vor der Garage. Das sehe ich auf hundert Kilometer. Das ist meine rote Schwalbe! Ja, sie ist jetzt wohl blau, aber der Weinkorken am Griffende, das zerrissene Sitzleder, das gesplitterte Rücklicht – das erkenne ich auf tausend Kilometer – das ist meine Schwalbe!

»Komm raus da!«, ruft der Besenmann, »Komm aus der Hecke!« Mist, wie komme ich hier wieder raus? Los, Fredrich, du bist sauschnell, hau einfach ab. Ich springe aus der Hecke und laufe Richtung Straße, der Besenmann schwingt einmal mit dem Besen in meine Richtung, verfehlt mich und humpelt hinter mir her, ich springe über den Zaun und laufe nach Hause. Am nächsten Tag klingel ich in der Falladastraße 8 an der Tür, denn es war natürlich die 8 und nicht die 7. Der Typ aus dem Ravic muss sich vertan haben oder er dachte, ich suche meine Puppen. Eine Frau macht auf. Ich sage, dass ich meine vor fünf Jahren geklaute Schwalbe jetzt von ihrem Hof nehmen werde. »Sie können doch nicht einfach auf unseren Hof gehen«, sagt die Frau.

»Wissen Sie, wer diese Schwalbe hierhergeholt hat, wer damit fährt? Sagen Sie mal!«

»Nee, weiß ich nicht.«

»Sehen Sie, weil die geklaut ist, da ist ja sogar noch das alte DDR-Schild von meinem Onkel dran! Wahnsinn.« Ich nehme die

Schwalbe, schiebe sie vom Hinterhof und die Frau filmt mich mit dem Handy, um Beweise zu haben. Soll sie machen, ich muss zum Training.

Mein Vater ruft an. »Benni, was sind die drei anstrengendsten Jahre im Leben eines Polizisten?«
»Papa, ich kann grad nicht, ich muss zur Schwimmhalle.«
»Die erste Klasse!«
»Hahaha. Der ist gut. Hahaha.«
»Hehe.«

Brustschwimmen ist große Scheiße. Das machen nur Trottel, Rentner und Taucher. Wer das gerne macht, kann kein guter Mensch sein – das war mir von Anfang an klar. Niemand bewegt sich so verquer. Kein Mensch, kein Gerät, kein Fisch – höchstens noch ne Qualle ist so langsam! Beim Kraulen hingegen gleite ich elegant wie ein Brett und kann frei entscheiden, ob ich meinen gestreckten Arm ganz lässig eintauche oder wuchtig aufs Wasser haue – das ist wahre Freiheit! Wobei das lässige Eintauchen einen Vorteil hat, denn der Arm muss noch eine Weile vorne im Wasser liegen bleiben, damit man zum Brett wird. Die Beine können hinten durchdrehen, wie sie wollen. Doppelter, vierfacher, sechsfacher, achtfacher Beinschlag – alles kein Problem. Mach ich, wie ich will. Beim Brustschwimmen hingegen müssen die Beine immer auf den Bewegungszyklus der Arme warten – Langeweile extrem. Da kann man nicht einfach zwei Beinschläge und einen Armzug machen. Was für eine Diktatur! Brustschwimmen ist noch viel schlimmer als große Scheiße. Es hat etwas Belehrendes, Spießiges, fast schon Faschistoides. Das müsste jedem klargeworden sein, der diese Schwimmart schon mal schwimmen musste.

»Wasn los mit Brust, Benni?«

»Wie meinste?«

»Du verlierst beim Brustschwimmen jedes Mal drei, vier, fünf Meter auf die andern.«

»Ja, aber ich hol die danach bei den richtigen Schwimmarten wieder auf.«

»Bei den richtigen Schwimmarten?«

»Na, also … Brustschwimmen, das ist doch für Schwachmaten. Das ist keine richtige Schwimmart. Das machen nur Trottel, Rentner und Taucher.«

»Was?!«

»Kraulen ist eine freie Schwimmart, also im Sinne von Freiheit, sich frei bewegen. Kraulen heißt ja auch Freestyle auf Englisch. Free!«

Steffen fuchtelt wild mit den Armen: »Was erzählst du fürn Scheiß, Alter! Wenn wir brustschwimmen, dann schwimmst du Brust, und wenn du schlecht brustschwimmst, dann musst du das trainieren!«

»Ja«, sag ich. »Wollte lieber Kraulen trainieren. Da ist der Bewegungsablauf nicht so faschistoid, sondern ganz frei.«

»Komm, hau ab Alter!«

Ich bin neu hier und kenne eigentlich niemanden, außer meinen Brustschwimmfetisch-Trainer. In der Dusche treffe ich den schnellsten Schwimmer auf meiner Bahn heute. Ich frag, wie oft er trainiert, und er antwortet kurz: »So siebenmal pro Woche, wenns hochkommt.« Diese Stimme, fällt mir auf, die kenne ich doch. Ich kenne diesen Typen, aber woher? Er fragt mich, was ich eigentlich mache. Ich antworte, dass ich ein Jahr in Frankreich war und dort meinen Master in Europäischem Recht gemacht habe, der mir hier aber nicht anerkannt wird (er guckt unbeeindruckt), weil wir unsere Master

nicht in Master eins und Master zwei aufteilen (er guckt unbeeindruckt). Jetzt mache ich hier noch mal die Masterarbeit und dann bin ich fertig. Eigentlich bin ich aber Journalist (absolutes Desinteresse). Ich will ein eigenes Magazin gründen, weil die andern alle Müll sind, also viele. Er fragt: »Und warum trainierst du jetzt hier?«, als würde ihm das nicht so gut passen. »Bin eigentlich Leichtathlet. Unter den Top fünf in Deutschland. Aber verletzt. Achillessehne. Mache nur n halbes Jahr bei euch mit, danach laufe ich wieder.« Jetzt, wo er immer so gelangweilt geguckt hat, will ich aber auch wissen, was er denn Tolles studiert. Das kann ja nur was richtig Geniales sein. Egal, was er antwortet, ich finde es jetzt schon scheiße! Seine Antwort: »Das kann ich dir nicht sagen.«

»Wieso das denn nicht?«

»Ist geheim.«

»Okay, du musst ja nicht den Arbeitgeber sagen, wenn der so geheim ist, aber was ist denn die Tätigkeit, häkeln? Haha.«

»Ja, wenn du es so willst, häkeln.«

Wie trocken ist der denn drauf? Ich werde immer neugieriger und frage noch mal, warum er denn nicht mal die Tätigkeit sagen könne, das sei ja nun echt übertrieben.

»Im weitesten Sinne Programmieren, aber sags keinem weiter. Ist geheim.«

Na gut. Ein geheimnisvoller Programmierer. Der Typ scheint bis auf zwei, drei, vier, fünf Macken in Ordnung zu sein. Jetzt in diesem Moment fällt mir ein, dass ich eine Frage stellen muss, eine Frage, deren Antwort ich fürchte, eine Frage, die mein Leben verändern wird, eine Frage, die meine einzige Lebensausrede zerstört:

Seit Jahren nerve ich meine Freunde und erzähle, dass ich ein ganz toller Schreiber bin und gerne ein eigenes Magazin gründen will, weil ich ein ganz Mutiger bin, also zumindest sein würde, um im Nachsatz die Ausrede dafür zu liefern, dass ich es aber doch nicht sein könne, weil ich nämlich alleine keine Internetseite bauen kann und die braucht man doch nun wirklich für ein eigenes Magazin. Also werde daraus vorerst nichts. Egal, wem ich das erzähle, alle geben mir recht. Oder sie geben vor, mir recht zu geben, damit ich den Scheiß mit dem eigenen Magazin gar nicht erst probiere. Auf jeden Fall könnte hier und jetzt Schluss sein mit dieser Ausrede. Denn jetzt in diesem Moment stehen zwei Schwimmer in der Dusche des Greifswalder Schwimmbads und einer davon ist heimlicher Programmierer, der andere bin ich. Besser könnte die Situation nicht sein – also frage ich: »Sag mal, kannst du auch Internetseiten programmieren?«

»Hm, ungern – für dein Magazin?«

Der Typ kapiert schnell. »Genau. Ist ne superleichte Sache. Keine große Technik«, sag ich.

»Nee, muss nicht sein.«

»Ist echt keine große Sache.«

»Nee, lass ma, hab zu tun.«

»Wenns länger als einen Tag dauert, kannste abbrechen, okay?«

»Aber keine Minute länger! Schick mir einfach ne Skizze, wie das aussehen soll, und dann mache ich das. Technisch ist das kein Problem. Hab schon viel kompliziertere Sachen gemacht.«

»Echt jetzt? Was denn so?«

»Darf ich nicht sagen.«

»Ah ja. Sehr cool! Danke ey! Ach so, ich hab aber keine Kohle.«

»Kein Ding. Brauch ich nicht.«

»Geil! … Und du willst wirklich nicht sagen, wo du arbeitest?«

»Also pass mal auf. Ich war früher eher im Untergrund aktiv, das war alles nicht so legal, mehr kann ich dir nicht sagen. Dann würde ich andere Personen gefährden. Das muss jetzt aber echt reichen!«

In diesem Moment fällt mir ein, dass das die Stimme des Kapuzentypen ausm Ravic ist. Wahnsinn, ein echter Agent oder was! Deshalb wusste der das mit der geklauten Schwalbe, Agenten wissen sowas. Der Typ ist doch vom Geheimdienst, mindestens Mossad oder einfach nur BND!? Abgefahrn!

»Wie heißt du eigentlich?«

»Nenn mich einfach Boris.«

Cool, voll das Pseudonym. Alles geheim hier bei der CIA. Der ist ultrageheim unterwegs, aber vor allem hat er mir durch seine Geheiminfos meine Schwalbe zurückgebracht, ich will ihn aber nicht fragen, ob er der Typ ausm Ravic ist, was ja auch egal ist, er wollte ja nicht erkannt werden. Normaler Agent eben.

Hauptsache, er macht die Seite.

Scheiße ey, da überlege ich jahrelang, warum mein Magazin nicht gegründet werden kann, und am Ende geht es so einfach? Das Gute und Schlechte zugleich: Es gibt jetzt kein Zurück mehr. Ich habe keine Ausrede mehr dafür, kein Magazin zu gründen. Wenn ich Ronja erzähle, dass ich einen Programmierer kenne, der mir die Seite kostenlos macht, und das Magazin dann trotzdem nicht starte, bin ich das größte Weichei Vorpommerns. Ab jetzt hab ich eigentlich nur noch zwei Möglichkeiten, denn Aufschieben geht nicht mehr: viele Leser finden oder abkratzen – das größte Magazin Deutschlands gründen oder richtig peinlich ins Gras beißen. Es gibt nur eine Sache, die noch peinlicher wäre: sein lassen.

Fahre vom Schwimmbad mit dem Rad nach Hause in die Hornschuchstraße. Ich will sofort mit der Skizze für die Seite anfangen. Als ich ankomme, sehe ich, dass mein cholerischer Nachbar ein Schild an unseren Zaun gehängt hat. »PRIVATEIGENTUM – Parken verboten!« Lächerlich. Niemand nutzt diesen Grünstreifen vor unserem Zaun. Niemand. Die Stadt hatte die Straße damals nicht an die Grundstücksübergänge gelegt, sondern komplett auf das Grundstück von Nachbar Streek. Er ist 55, Arzt, klein und bescheuert. Die Straße ist so weit auf seinem Grundstück, dass auf unserer Seite noch ein kleiner Grünstreifen geblieben ist, der offiziell ihm gehört, gefühlt aber eher uns. Deshalb stehe ich da natürlich mit dem Auto drauf. Es gab deswegen auch schon ein paar Gehässigkeiten gegen uns. Meine Mitbewohner Marcel und Katja reagieren eher gelassen und meckern dann lieber unter sich und ich hab eigentlich auch kein Problem mit dem Arschloch. Sein Schild baue ich nachts einfach wieder ab und lege es in die Mülltonne. Das ist das Mindeste.

Jetzt gehts los! Ich bastel die erste Skizze für die Internetseite von Katapult. Der Name steht schon seit Ewigkeiten fest. Wenn ich mal was mache, dann heißt es Katapult. Keine Ahnung, warum, aber das ist der Name, mit dem ich in Verbindung gebracht werden möchte. Am Anfang hatte ich noch über Turbine und Lokomotive nachgedacht, aber die Begriffe sind zu verbraucht. In der DDR gab es viele Vereine, die so hießen. Ich will keine Fortsetzung der DDR-Namen machen – wirkt altbacken, Katapult hingegen topmodern. Hier hieß ein Fußballverein übrigens mal Betriebssportgemeinschaft Kernkraftwerk Greifswald, kurz KKW Greifswald. Scharfer Name, oder? Aus Erzählungen weiß ich, dass damals immer wieder die gleichen Witze gemacht wurden, wenn die Mann-

schaft gewonnen hatte. Haha, alle Spieler sind verstrahlt, das wirkt wie Zaubertrank. Haha, ihr habt ja auch superheiße Protonen im Schuh. Haha, jeder weiß, dass eure Torpfosten alte Brennstäbe sind – das war alles sehr witzig. »Kernkraftwerk-Magazin« hätte also die falschen Assoziationen geweckt. Ich brauchte was Neues. Was weltweit nie genutzt wurde: Torpedo, Geschoss, Granate, Katapult. Granate Greifswald. Torpedo geht auch, aber es erinnert mich zu sehr an den Schwimmer Ian Thorpe, der sich Thorpedo nennt. Er hat höchstwahrscheinlich gedopt, also fällt der Name doppelt weg. Torpedo ist raus! Geschoss ist geil, aber Katapult auch! Katapult klingt am besten, entscheide ich. Das fetzt ja mindestens einskommaeinsmal so viel wie Granate. Also okay, dachte ich am Anfang meines Studiums, egal was ich mal machen werde – es wird Katapult heißen.

Sitze am Rechner und suche nach Internetseiten, die mir gut gefallen. Die beste Seite hat eigentlich die »Zeit«. Kopiere deren Startseite zu Paint und mache sie schicker. Es klingelt an der Tür. Katja macht auf. Zwei Sekunden später klopft es an meiner Tür. Ich sag: »Jo.« Katja macht die Tür auf und sagt, »Herr Streek ist da, ich glaub, er will zu dir.«

»Kann grad nich«, antworte ich.

»Er ist aber wohl sauer auf dich«, meint Katja.

»Er soll morgen noch mal probieren«, sag ich.

Streek steht immer noch vor unserer Haustür. Auf einmal fängt er an zu brüllen: »ICH KANN SIE HÖREN, HERR FREDRICH! ICH KANN SIE HÖREN! SIE SIND DA! DAS HÖRE ICH!«

Ich gehe zur Tür. Streek guckt mich erwartungsvoll an und sagt »So! Ist der feine Herr also doch anwesend! Erklären Sie mir das hier mal bitte!« Ich mache die Tür zu und schüttel den Kopf. Was ein Penner – stört mich bei der Arbeit. Von draußen flucht Streek jetzt noch lauter: »DAS LASSE ICH MIR NICHT GEFALLEN! Sowas gibt's doch nicht! Sie können nicht einfach FREMDES Eigentum zerstören und mir dann hier …«

Katja kommt später noch mal zu mir und fragt, ob ich denn alles mit Streek klären konnte. Ja klar, sage ich, wir verstehen uns. Katja weiß ganz genau, dass ich ihm die Tür vor der Nase zugeschlagen habe. Sie fragt natürlich noch weiter: »Was wollte er denn?«

»Er ist n Kloppi, er will jeden Tag was anderes, dem hör ich nicht mehr zu«, antworte ich.

»Also hast du doch nicht mit ihm gesprochen«, antwortet Katja.

»Genau, aber wir haben alles geklärt. Morgen weiß er von nichts mehr, er ist Choleriker.«

Katja guckt ungläubig.

Geht endlich weiter. Ich bastel am Layout für die Internetseite von Katapult. Hier ne Linie, da ne Linie – Layouter haben nen entspannten Job. Nach drei Stunden schicke ich meinen Entwurf an Boris. Er ist online und antwortet mir: »Danke«. Okay, so einfach geht das also. Da schreibt er einfach »Danke«. Er hätte ja auch noch fragen können, wie ich das alles so meine, aber er antwortet nur mit »Danke«. Das lass ich mal so stehen, Danke, das reicht ja eigentlich vollkommen. Ich schicke es ihm und er schreibt »Danke«. Mehr gibts da nicht zu besprechen. Das muss ich jetzt so hinnehmen. Der wird das schon machen, red ich mir ein, der hat die Skizze ja jetzt. Ich nerv ihn nicht noch mit weiteren Sachen, nehme ich mir vor. Er macht das schließlich kostenlos. Ich belasse es einfach dabei. Bitte, Danke, Bitte, Danke – fertig. Mehr brauchen wir wohl nicht für unsere Besprechung, oder was! … Was soll das heißen, »Danke«?! Das ist doch auch nur son Wort und kann alles und nichts heißen, Danke ey. Ich frag ihn doch: »Wollen wir das nicht noch besprechen?« Antwort: »Nee, eigentlich verstehe ich alles. Ist ja ne einfache Sache.« Ich wusste es.

Nach ein paar Tagen frage ich nach, wie denn so der Stand ist. Boris antwortet wieder schnell: »Ich hab noch gar nicht angefangen.« Ah okay, kein Problem, sage ich, machs, wanns dir passt. Kein Stress, hat keine Eile. Alles cool. Wann schaffst du es denn? Muss nicht sofort sein, aber trotzdem möglichst bald, aber lass dir Zeit, wenns nicht anders geht, aber wär auch schön, wenns nicht so lange dauert!

Nach einer Woche meldet er sich dann und schreibt, die Seite sei jetzt fertig. Ich könne sie mal angucken. Boris schickt mir einen Link. Ich öffne ihn. Komisch, irgendwas stimmt nicht. Das sieht alles anders aus – voll zerschossen die Seite. »Komisch«, meint Boris auch. Er schickt einen anderen Link. Gleiche Optik. Zur Sicherheit mache ich einen Screenshot, damit er sieht, was ich sehe. Boris schreibt: »Wird doch alles angezeigt.« Bidde? Es wird alles angezeigt? Das sieht doch aber ganz anders aus, als ich ihm das aufgemalt habe! Hat der Typ ne 95-prozentige Sehschwäche oder was?! Ich sage: »Äh, das sieht doch aber ganz anders aus!«

»Ja, wolltest du das jetzt haargenau so haben, wie du es da mit Paint gemalt hast, oder was soll die Frage?«

»Ja, wie denn sonst.«

»Das hat mir ja keiner gesagt.«

»Dafür hab ich doch aber die Skizze gemacht!«

»Ich dachte, damit ich sehe, welche Funktionen alle reinsollen.«

»Pah! Okay, na schön. Ist ja schon mal gut, dass die Funktionen da sind, aber die Optik müssen wir noch machen.«

»Ist das echt notwendig? Verstehen doch alle, was gemeint ist. Soll ich da jetzt echt noch irgendwelche Pixel hin- und herschubsen?«

Die Diskussion über die Bedeutung der Optik geht noch über zwei Stunden. Der Typ kann alles, aber nicht verstehen, dass Layout wichtig ist. Er baut jetzt alle paar Tage das Layout der Seite um und schickt mir eine »Endversion« in der Hoffnung, dass ich irgendwann aufgebe und sage, das passt so, aber das kann ich nicht, weil er immer nur eine kleine Ecke berichtigt und nicht die gesamte Seite. Also geht das Spiel noch über drei Monate. Am Ende sieht die Seite so aus wie in der Skizze, Boris ist megaabgefuckt, weil er eigentlich komplizierte Sachen programmieren will und für die Seite zum Pixelschieber geworden ist. Und überhaupt, wie oft ich in diesen Wochen eine Variante des Wortes »Pixelschieber« höre, ist beeindruckend: Hallo, hier meldet sich der Lkw-Transport für Pixel, hallo, soll ich heute wieder ein paar Pixel umschubsen? Hab dir die fünf mörderwichtigen Pixel von A nach B gehievt. Der Pixeltransport ist unterwegs! Die Pixel wurden umbugsiert! Boris hasst die für ihn sinnlose Arbeit, aber wenigstens kann er sich sprachlich austoben. Rauswinden konnte er sich aus der Nummer nicht so richtig, wir haben uns ja fast jeden Tag in der Schwimmhalle gesehen.

DIE ERSTEN KATAPULTE

Wir sind jetzt zu zweit. Boris und ich. Wenn Boris mit der Internetseite fertig ist, bin ich wieder alleine. Für ein Magazin braucht man aber mehr als eine Person. Deshalb werde ich Leute finden, die hier mitmachen wollen, beschließe ich. Das macht jetzt schon Spaß: Die Katapult-Redaktion wird gegründet! Ich brauche die besten Leute der Stadt, also frag ich direkt bei der nettesten Kommilitonin in meinem Studiengang nach. Ich weiß nicht, ob sie die Beste ist, ich kenne sie kaum, aber mir ist aufgefallen, dass sie gut drauf ist. Solche Leute brauche ich – unkomplizierte, die gut drauf sind. Wie Sophie eben. Sophie hat eine Brille und ein viel zu kleines Rad, mit dem sie aber schnell fahren kann. Ich erzähle ihr, dass ich ein ganz großes Ding starten werde, ein Magazin – Katapult: Wissenschaft in einfacher Sprache! »Kennst du Felix Bethke, den Dozenten?«, frage ich sie. Sophie nickt. »Der hat über eine quantitative Studie rausgefunden, warum manche Diktatoren länger an der Macht bleiben als andere. Das ist doch der Wahnsinn!« Sophie: »Ich mag Bethke auch total.« »Ja«, sage ich, »aber es geht jetzt um die Studie, Sophie!« Der Bethke hat nicht nur rausgefunden, wie sich Fidel Castro, Paul Biya und die anderen Verbrecher über mehrere Jahrzehnte an der Macht halten konnten, er hat mir auch noch gesagt, dass er das Zeug in einem »Science Journal« veröffentlichen wird. Science Journal?! Wie geht das denn? Das kann doch wohl nicht sein! Der Typ findet die heißesten Zusammenhänge heraus und will sie dann in einem Science Journal veröffentlichen? Was das bedeutet, ist ja wohl klar. Das wird am Ende kein Schwein lesen. Niemand liest Science Journals. Wie sich das schon anhört. Ich kenne niemanden, der ein Science Journal abonniert hat. Die Dinger sind lediglich dazu da, in Bibliotheken zu verstauben und auf Nachfrage eines verirrten Studenten aus dem Archiv gekramt zu werden, damit sie danach dann auch ganz schnell wieder zurückgelegt werden können! »Science Journal«. Dat hört sich an. Die Verlage haben weder ne Internetseite, noch sind sie in den sozialen Medien. Was ich sagen will: Am Ende werden von der Granatenstudie nur neun Leute erfahren. Drei Leute lesen seinen Artikel in dem Science Journal, weitere drei lesen die Überschrift und die Zusammenfassung und weitere drei nur die Überschrift (Schätzung stimmt!). Sowas muss richtig groß, also so RICHTIG groß, veröffentlicht werden. In der FAZ, in der Zeit, in der Süddeutschen oder eben im Katapult-Magazin.

Sophie stimmt zu, der Bethke sei ein ganz Toller! Sie fragt, ob denn auch noch andere bei Katapult mitmachen, und ich antworte: »Ja klar, ich sammle grade ein Team zusammen!« Sie sagt zu. Wow! Das ging ja schnell. Wir sind jetzt schon zu zweit. Sophie, ich und ¼ Boris.

Ich lade Sophie abends zu mir nach Hause ein. Wir müssen das alles richtig besprechen. Ich kann sie aber nicht einfach so einladen und dann ist gut, ich muss erst noch richtig aufräumen, Bett machen und Sportschuhe rausschmeißen. Als Gastgeber muss ich außerdem auch was anbieten können, denke ich, erst recht, wenn wir jetzt ein Magazin gründen, also kaufe ich viel Schokolade.

Sophie sitzt in meinem aufgeräumten Zimmer auf meiner grünen Couch und isst einen Kinder Bueno. Ich sitze auf dem Holzstuhl an meinem Schreibtisch und esse auch einen Kinder Bueno. Sophie kann von ihrem Platz aus auf meinen PC-Monitor gucken. Im Hintergrund lasse ich Deluxe Music auf dem Fernseher laufen. Noch bevor wir anfangen, fragt Sophie, was der Typ da an unserem Zaun macht. Ich gucke aus dem Fenster und sehe Streek. Er baut das Schild schon wieder an. Was für ein Verlierer. Ich reiß das Teil sowieso wieder ab. Diesmal schmeiß ich es aber nicht in unsere, sondern in seine Mülltonne, denke ich. Ich freue mich jetzt schon drauf und packe mir nen Knoppers aus. »Auch eins?«, frage ich Sophie. »Knoppers geht immer«, antwortet Sophie.

Nach ein paar Minuten wird uns klar, dass die Idee, Studien zu veröffentlichen, zwar gut ist, aber scheitern wird, wenn wir keine Bilder dafür haben. Gute Magazine haben gute Bilder. Es gibt auch gute Magazine ohne Bilder – aber die sind dann erfolglos. Das wollen wir nicht sein. Das Ding soll das Gegenteil von einem Science Journal sein. Bunt, fetzig und mit ganz vielen Lesern. Wir suchen nach Foto- und Bilderdiensten im Netz. Mh. Es gibt ein paar kostenlose Fotoanbieter, aber die Fotos sind alle hässlich wie sonst was. Für die guten Fotostocks haben wir nicht genug Geld. Genau genommen haben wir derzeit knapp null Euro für Katapult. Scheiße, das wird eng.

Wir beenden die Sitzung. Sophie fährt wieder los und ich gucke mir noch mal den aktuellen Spiegel an, weil da ein langes Interview mit Dirk Nowitzki drin ist. Ich komme aber gar nicht bis zum Interview. Stattdessen bleibe ich hängen: an einem Balkendiagramm. Ich gucke auf ein Balkendiagramm, auf dem das Bruttoinlandsprodukt pro Kopf nach Ländern gezeigt wird, und mir fällt auf, dass ich bei Diagrammen eigentlich immer hängen bleibe. Fotos gucke ich mir selten länger als eine Sekunde an, meist fliege ich nur so drüber, aber ich beschäftige mich nicht wirklich mit ihnen, bleibe nicht an ihnen hängen – jedenfalls nicht oft. Auf dieses Balkendiagramm gucke ich nun schon seit einer halben Minute. Ich guck, mach mir Gedanken dazu, gucke wieder rauf, mache mir wieder Gedanken.

Das ist DIE Idee: ein Magazin nur mit Balkendiagrammen! Finde die Idee abgefahren. Das Magazin könnte BALKEN heißen. »Ich hol mir noch nen Balken«, müssen die Käufer dann später sagen. Hehe, finde ich gut. Mir wird klar, was unser Fotoproblem löst: Balken! Wir brauchen Balken! Der Spiegel macht auch Kreisdiagramme und andere Standardvisualisierungen. Was mir dann aber einfällt: Am geilsten sind Karten! Landkarten. Wir brauchen doch keine Balken, wir brauchen Karten! Warum nicht beides? Balken- und Kreisdiagramme kann ich einfach mit Excel machen. Das ist kein Problem und wenn man genau hinguckt, sehen die Balken vom Spiegel auch nach Excel aus. Aber was ist mit Karten? Das macht keiner. Der Spiegel ist optisch in den 70ern stehengeblieben, die FAZ wird von hundertjährigen Männern geführt, die ab und zu ihre Großeltern väterlicherseits um Rat bitten, und die Süddeutsche ist schon in Kreisdiagramme verliebt – das Feld ist offen. Die einzigen existierenden Kartenmacher sind Franzosen: Le Monde diplomatique. Wahnsinnsgeräte.

Ich erzähle Sophie davon. Sie ist sofort dafür. Ihr geht es genauso. Balken fetzen ja schon, wie ist es denn erst mit Karten, sagt sie. Wer soll denn die Karten erstellen? »Das können wir ja nicht alleine machen«, schiebt sie nach. »Ja also«, dafür habe ich natürlich eine Lösung. »Das mache ich. Ich kann das!«, lüge ich. Okay, Sophie guckt etwas skeptisch, aber egal. Ich muss jetzt zum Kartenmacher werden. Wie machen das eigentlich Kartenmacher? Am Computer? Welches Programm nutzen die? In den kommenden drei Wochen habe ich nur eine Aufgabe: ein Kartenprogramm finden. Ich stoße auf Internetseiten, auf denen man Karten bauen kann. Wenn man sich nach zwei Stunden was Schönes zusammengebastelt hat, sagt einem ein Pop-up-Fenster, dass man die Karte jetzt kaufen kann, um sie in einer normalen Auflösung zu bekommen. Ich muss das kaufen? Was für Schweine! Zeitverschwendung. Ich kann doch nicht für jede einzelne Karte zahlen, wenn wir Hunderte Karten im Monat machen wollen. Okay, Onlinedienste sind mist. Ich installiere insgesamt 13 Freeware-Grafikprogramme, mit denen man Karten machen kann, von Gravit, Inkscape, Krita, Pixlr bis zu GIMP. Alle Programme sind einigermaßen scheiße – bis auf GIMP. Ich arbeite mich einen Monat in das Programm ein, um am Ende zu merken, dass es ebenfalls scheiße ist. Google kennt das Problem und leitet mich zu Foren, in denen sich alle einig sind: Für Grafiken und Karten braucht man Adobe Illustrator. Okay. Programm installiert, nach einem Tag mehr Funktionen verstanden als bei GIMP nach einem Monat. Das ist mein Programm! Ich bringe mir alles selbst bei und werde Illustrator. Nach einem Monat ist die Probezeit für das Programm abgelaufen. Sie fordern jetzt monatlich 20 Euro von mir. Das kann ich mir nicht leisten, deshalb gibt es nur eine einzige Lösung. Rechner plattmachen, Windows neu installieren, Adobe-Testversion wieder einen Monat kostenlos nutzen. Das ganze Prozedere mache ich noch genau sechs Mal. Nach diesen sechs Monaten kann ich alle Shortcuts und Tastenkombinationen auswendig. Niemand ist schneller als ich! Illustrator Fredrich. Karten-Benni. Karten-Karsten (ach nee, ich heiß ja gar nicht Karsten!).

Sophie hat keine Lust oder Zeit oder beides auf Illustrator, sie muss sich aufs Studium konzentrieren. Für mich ist das Politikstudium zweitrangig, auch deshalb, weil mir die Abschlussnote latte ist. Also bleibe ich erst mal der einzige Katapult-Illustrator. In der Zwischenzeit ist unsere Redaktion gewachsen. Wir sind jetzt drei. Ich hatte Philipp aus unserem Studiengang gefragt und er hat sofort zugesagt. Philipp korrigiert die Lokalausgabe der Ostsee-Zeitung. Er trägt eine Brille, einen Dutt und eine Seitenumhängetasche. Ich hasse solche Taschen, aber ich muss es durchgehen lassen. Philipp ist der Einzige von uns, der »Orthrografie« ohne nachzugucken korrekt schreiben kann, da darf man auch ne beschissene Tasche haben. Wichtig ist aber, der Taschenmann interessiert sich viel mehr als Sophie für Politik und Medien. Der zieht sich so regelmäßig wie kein anderer die ganz langen Bretter von der New York Times, The Atlantic und dem New Yorker rein.

So Leute brauche ich (und außerdem muss ich das hier schreiben, weil er der Lektor dieses Romans ist). Wir treffen uns wieder bei mir in der Hornschuchstraße und essen Hanuta. Während Sophie meine Schokolade immer ganz beiläufig gegessen hat, feiert Philipp es total ab, dass ich überhaupt Schokolade habe. Ich frag: »Hanuta?«, und er sagt: »Hanuuuutaaa?!?«

Es geht wieder um den Namen. Sophie und ich hatten uns schon auf Katapult geeinigt. Philipp will noch mal nach neuen Namen suchen, was natürlich doof ist, weil der Name ja schon seit fünf Jahren feststeht, aber das bekomme ich irgendwie hingebogen. Philipp sagt: »Mir schwebt so etwas vor wie ›Brennglas‹ oder ›Lupe‹, wobei Brennglas besser wäre. Das ist ja auch eine Verdichtung, also von Licht, eine Lichtverdichtung, und das werden wir ja im Prinzip auch machen. Wir verdichten Studien zu Karten.« Haha, zum Glück ist der Vorschlag scheiße. Sophie und ich sagen erst mal, dass wir uns das mal überlegen mit dem Brennglas, um dann am nächsten Tag zu sagen, dass Katapult doch etwas besser ist. Mir ist auch direkt klar, warum Philipp Brennglas haben will. So wie er das formuliert hat, steht dieser Name bereits seit mindestens fünf Jahren fest. Er hat sich wahrscheinlich irgendwann mal gesagt, egal was er mal gründen wird, es wird Brennglas heißen – aber nicht mit mir!

Katja kommt mitten in unserer Redaktionssitzung in mein 18-Quadratmeter-Zimmer und meint, Streek sei wieder an der Tür. Ich solle doch mal bitte kommen, weil es nun doch langsam

nervt, dass der Typ ständig da ist, und ich ja wohl dafür verantwortlich sei. Na gut, ich gehe zur Tür. Streek steht mit roter Birne
da, als wenn er schlecht gelaunt wäre.

»Hallo Herr Streek, alles fit?«

»Ich werd Ihnen gleich …«

»Worum gehts denn heute? Ich hab nicht viel Zeit.«

»Ich habe dieses Schild in meiner Mülltonne gefunden. Das erklären
Sie mir jetzt mal bitte!«

»Ach so, ja, das hatte ich da reingelegt. Ich muss dann mal wieder.«

Streek brüllt: »WAS FÄLLT IHNEN EIN, MEIN SCHILD IN
MEINE MÜLLTONNE ZU WERFEN?! DAS HAT EIN NACH-
SPIEL! ICH ZEIGE SIE AN!«

»Okay, so machen wir das.«

»SIE WISSEN GANZ GENAU, WEIL ICH ES IHNEN JA BEREITS
ERKLÄRT HABE, SIE WISSEN GENAU, DASS MEINE FRAU
NICHT EINPARKEN KANN, WENN SIE DA AUF DEM GRÜN-
STREIFEN STEHEN!«

»Ja, aber das Schild hing an unserem Zaun, wissen Sie, das ist zwar
Ihr Grünstreifen, aber unser Zaun.«

Streek holt tief durch die Nase Luft. Ich weiß nicht, ob er jetzt
aufgibt oder komplett platzt. Gleich kommts. Ich mache die Tür
zu. Von draußen hört man noch Wortfetzen, »FRECHHEIT …
BLAUES WUNDER … ANZEI…«.

Zurück in meinem Zimmer, fragt Sophie, was denn da los war. »Alles wie immer«, sage ich. Der Typ hat ne ausgewachsene Vollmeise.

Er baut Schilder, damit seine Frau einparken kann. In Wirklichkeit ist ER der Fahrversager. Isn Skandal, dass er seine Frau argumentativ vorschickt. Die parkt eigentlich ganz gut ein. Ich werd ihr das mal sagen, wie ihr Mann über sie spricht. Sophie: »Nee, lass das mal. Der ist doch aggressiv oder was. Ich kenne den sogar. Der soll wohl schon einige Patienten in seiner Praxis angeschrien haben.« Okay, das müssen wir mal recherchieren. Ich google »Gustav Streek Greifswald«. Okay, er heißt gar nicht Gustav, sondern Dr. med. Andreas Streek. Hat auf »jameda« 2,9 von 5 Punkten. Ist das schlecht? Keine Ahnung. Philipp ruft von der Seite: »Uuunterirdisch!« Haha, so viele negative Rezensionen hat keiner. Das klingt in etwa so: Hört nicht zu, nimmt sich keine Zeit. Werde Arzt wechseln. Ist in der Praxis ausgerastet, unglaublich. Aber den geilsten Kommentar hat jemand unter dem Titel »Unfreundlich ohne Ende!!!« geschrieben:

»Ich (32 Jahre, w) bin einfach nur geschockt. Der Arzt ist mega unfreundlich und stempelt einen gleich von Anfang an ab. Ich musste mir anhören, was ich bei ihm wolle und ob er jetzt auf Ursachenforschung bei mir gehen solle. Als er dann, nach langem Genörgel, ein Röntgenbild gemacht hat, kam heraus, dass ich Arthrose in der LWS habe. Ich war total erschüttert. Kommentar vom Arzt: ›Wie kann man sowas schon in Ihrem Alter haben?‹ Fazit: Zu diesem ›netten‹ Arzt gehe ich nie wieder!!!!!!«

Alles klar. N strammer Sympathieträger ist das. Seitdem ich ihm am Tag meines Einzugs gesagt hatte, er könne gerne die Polizei rufen, wenn er Verlangen danach hätte, sind wir ganz gut zerstritten, weil er das dann auch direkt gemacht hat, er rief die Polizei und die kam dann auch.

»Moin, wat isn los hier?«, fragt ein dicker Polizist.

»ER parkt UNERLAUBTERWEISE auf MEINEM Grünstreifen«, antwortet Streek.

»Wegen sowat rufen Se die Bullen?«, sagt der Bulle.

»Hehe, die Bullen«, sag ich.

»Haben Se mich eben Bulle genannt?«, fragt mich der Polizist.

»Vorsicht, Jung! Dat dürfen nur die Bullen selbst sagen, so wie Judenwitze, dürfen auch nur die Juden, ne, oder Homowitze, wer darf die sagen? Genau, nur de Homos, also Hinterlader, wenn Se verstehen, wat ich mene.«

»Ham Sie gehört, Streek, Sie dürfen wohl nur noch Idiotenwitze machen«, sag ich zu Streek.

Streek hebt seine Harke, die er schon die ganze Zeit in der Hand hält und auf die er sich manchmal stützt, und zeigt damit auf mich: »HABEN SIE MICH GRADE … DAS WAR EINE BELEIDIGUNG! DAS GIBT'S JA WOHL NICHT. DA WIRD MAN SCHON AUF OFFENER STRASSE …«

Der Polizist unterbricht ihn: »Harke runter! Jetzt kommen we aber alle ma wieder auf Betriebstemperatur runter hier!«

»ER HAT MICH IDIOT GENANNT. DAS IST JA DIE HÖHE! ICH MÖCHTE IHN AUF DER STELLE ANZEIGEN! GANZ IM ERNST, HERR WACHTMEISTER, NOTIEREN SIE DAS BITTE: BENJAMIN FRE…«

»Haben Se mich grade Wachtmeister tituliert?«

»NOTIEREN SIE DAS BITTE, HERR POLIZIST, DIESES ARSCHLOCH HAT MICH EBEN IDIOT GENANNT!«

»Genau genommen haben Se ihn jetzt aber auch Arschloch genannt. Unentschieden, wa?«

Streek richtet die Harke auf den Polizisten: »ICH FASSE ES NICHT! SIND SIE ETWA AUF SEINER SEITE?«

Streeks Augen sind glasig. Während der zweite Bulle hastig aus dem Polizeiauto steigt, fummelt der erste hastig an seiner Hosentasche herum, geht einen Schritt zurück und sagt deutlich: »HARKE RUNTER! SOFORT!« Er fummelt weiter an der Hosentasche.

»Er ist eigentlich nicht gewaltbe…«, schiebe ich ein, bevor der Bulle noch mal schreit.

»HARKE RUNTER! AUF DER STELLE!« (Fummelt immer noch in der Hosentasche und findet nichts.)

»ER HAT MICH IDIOT GENANNT!«

»HARKE RUNTER!«

Streek nimmt langsam die Harke wieder runter, dreht sich um und geht in seine Garage. Kurze Stille, dann fragt der Polizist: »Wat schaad ihm denn?« Ich erzähl dem Polizisten, dass ich auch erst neu hier bin und das nicht beantworten kann. Wir verabschieden uns freundlich.

Die Polizisten haben wohl keine Lust mehr und steigen ins Auto. In dem Moment kommt Streek ohne Harke wieder zur Straße gelaufen und sagt: »Stopp, warten Sie!« Die Polizisten halten an, steigen aus und reden mit ihm. Sie rufen mich noch mal zur Straße. Jetzt geht die Kacke von vorne los. Streek will jetzt doch noch mal die Sache mit dem Grünstreifen klären, ganz ohne Harke. Der Bulle erklärt, dass er wegen sowas eigentlich nicht gerufen wird, dafür sei eigentlich das Ordnungsamt zuständig. Streek braust wieder auf:

»Was hätte ich denn MACHEN SOLLEN? Ich kann dadurch nicht mehr auf meinem EIGENEN GRUNDSTÜCK EINPARKEN, also ich schon, aber meine Frau kann hier nicht mehr einparken – AUF MEINEM EIGENEN GRUNDSTÜCK!«

»Mh. Aber hier steht doch gar keen Auto.«

»Sonst stand da IMMER eins – das von Herrn Fred…«

»Ja gut, wenn jetz hier keen Auto steht, kann ich auch nix machen, wa. Da kann man so oder so nix machen, weil Se Ihren Grünstreifen nich eingezäunt haben oder auch nich mal n Schild aufgestellt. Dat müssten Se schon mindestens machen, wenn man dat erkennen soll, dat dat Ihre Fläche is – aber wie gesacht, ich bin nich dat Ordnungsamt.«

»DA KÖNNEN SIE NICHTS MACHEN???«, Streek ist wieder auf 100 Prozent. Nachdem der Bulle noch dreimal erklärt, dass er nichts machen kann, weil kein fremdes Auto da steht, er nicht das Ordnungsamt sei, hier kein Zaun ist und auch kein Schild steht, zieht er mit seinem Kollegen endlich ab.

Streek verbringt den Tag anschließend in seinem Garten und geht immer mal wieder über die Straße auf seinen Grünstreifen, um einen neuen Plan zu schmieden. Jetzt ist er also schon einen Schritt weiter und hat ein Schild, oder genau genommen zwei Schilder, gekauft, die ich dann wieder abmontieren werde. Was er immer noch nicht schnallt: Er baut das Schild immer an unseren Zaun.

Wir müssen weitermachen. In der nächsten Sitzung essen wir Center Shocks und arbeiten trotzdem schlecht. Wir verschwenden einen ganzen Tag damit, uns für eine Schriftart zu entscheiden. Zum Glück habe ich zu diesem Treffen noch drei weitere Freunde eingeladen. Das ist die größte Zeitverschwendung überhaupt! Jeder findet eine andere Schriftart gut und wechselt seine Meinung alle halbe Stunde. Wirkliche Argumente gibt es nicht. Es gibt auch keinen Experten unter uns, was aber auch wieder ganz gut ist. Leute, die sich mit Schriftarten beschäftigen, sind meiner Meinung nach keine ganzen Menschen. Sie haben keine Würde. Das geht schon damit los, dass sie Typografie sagen, wenn sie Schriftarten meinen, und um sich als Experten auszuweisen, nennen sie das dann gern auch einfach nur »Typo« – zum Kotzen! Es geht damit weiter, dass sie bei ihrer ganzen Liebe zu Buchstaben (das sind Perverse!) komplett den Inhalt vergessen und es hört damit auf, dass sie Schriftschnitt, Ligatur und Spationierung sagen, das ist aber noch gar nicht der Höhepunkt, denn wenn man ganz genau hinhört, reden diese Menschen manchmal auch heimlich von Schusterjungen und Hurenkindern. Schön, oder? Das Hurenkind wird natürlich manchmal auch Hundesohn und Missgeburt genannt und der Schusterjunge auch gerne mal Waisenkind, als würde das irgendwas besser machen. Wie gesagt, für mich sind das Perverse ohne Anstand. Wenn solche Experten alleine entscheiden dürften, stünde am Ende immer irgendwas Verschnörkeltes da, was keiner lesen kann, aber suuperschöön aussieht.

Wir entscheiden uns für Georgia (solide) und Impact (fett!), weil es so wuchtig aussieht und zum Namen Katapult passt.

3.000-EURO-JOHNNY

Wie gründet man eigentlich eine Firma? Keine Ahnung. Ich melde mich beim Gründerbüro Greifswald. Das gehört zur Greifswalder Uni. Termin gemacht, hingegangen. Freundliche Leute. Sie finden die Idee genial und haben keine Ahnung von Firmengründungen, können aber an Fachleute weiterleiten. Neuen Termin gemacht, hingegangen. Mich begrüßen zwei »Wirtschaftsexperten«, sie sagen jedenfalls, dass sie welche sind. Der eine heißt Erik, aber gebürtig heißt er 3.000-Euro-Johnny, weil er gleich am Anfang mal klarstellt, dass wir hier keine Konzepte für »irgendwelche Johnnys« machen werden, bei denen Leute unter 3.000 Euro verdienen. Sowas macht man nicht. Für unter 3.000 Euro, sagt 3.000-Euro-Johnny, sollte niemand arbeiten gehen. Ist der Typ weltfremd? Ich hatte bisher 650 Euro Bafög. Ging auch. Egal. Der andere heißt Heiko Weber, den ich grundlos Herrn Schnitzel nenne. Wir sitzen im Café Lichtblick am Fischmarkt. Ich trage sinnloserweise ein Hemd. Herr Schnitzel hat eine Cola und ein Schnitzel. 3.000-Euro-Johnny hat Armmuskeln. Sie quillen aus seinem Poloshirt raus. Schön eng, das Nicki! Das Gespräch verläuft nett. Sie finden die Idee von Katapult sehr gut oder sagen zumindest, dass sie sie sehr gut finden. Das Treffen ist deshalb ganz interessant, weil die beiden Wirtschaftshasen wissen, wie wir für die bloße Idee eine Förderung beantragen können. Cool. Da würde es dann ein Jahr lang jeweils 2.500 Euro für drei Gründer geben, was genau genommen 500 Euro zu wenig sind, müsste 3.000-Euro-Johnny eigentlich sagen. Macht er aber nicht. Das Programm heißt Exist. Was braucht man für den Antrag? Einen

Geschäftsplan, oder wie Herr Schnitzel und 3.000-Euro-Johnny sagen, einen »Businessplan«. Kein Problem, denke ich, den Scheiß schreib ich schnell zusammen, hab ja sowieso schon alles im Kopf. Wir verabschieden uns freundlich.

Eine Woche später treffen wir uns wieder. Gleicher Ort, gleiche Kleidung. Fast. Ich trage diesmal T-Shirt und kurze Hose. Ich fühle mich unendlich frei! 3.000-Euro-Johnny ist enttäuscht: »Herr Fredrich, das ist kein Businessplan! Da müssen wir noch einiges machen.« Herr Schnitzel sagt etwa das Gleiche. »Wir verstehen ja, was sie da machen wollen, aber für diesen Antrag brauchen wir viel mehr. Wir brauchen einen richtigen Finanzplan für drei Jahre.« Wie, für drei Jahre? Wer soll denn bitte drei Jahre in die Zukunft denken können, wenn man erst nur eine Idee hat? Es gibt noch fünf solcher Treffen im Café Lichtblick und im Café Koeppen. Schnitzel und Johnny meinen, sie finden das wirtschaftliche Konzept so mittel. Das Wichtigste ist ihnen aber, mich regelmäßig zu warnen, dass der Printmarkt am Ende sei und man eigentlich nur noch online erfolgreich sein kann: »Auf gar keinen Fall drucken!« Das ist aber nicht ihre einzige Warnung. Auch müssen wir mit Katapult unbedingt nach Berlin ziehen, weil dort die Infrastruktur für Start-ups besser sei. Schnitzel sagt: »Das ist da viel besser!« Für den Beginn bräuchten wir zudem einige positive Referenzen, Leserkommentare oder Empfehlungsschreiben, am besten viele, damit auch glaubhaft ist, wie brillant das alles ist. Jedes Mal, wenn die sowas sagen, denke ich ganz laut, Katapult wird später gedruckt, Katapult wird in Greifswald bleiben und ausschließlich negative Lesermeinungen veröffentlichen. Wenn ich das Gegenteil von dem mache, was die beiden Schlaffis sagen, kann ich nur auf der richtigen Seite sein. Sicher ist sicher. Eine Karte gehört aufs Papier, in ein Magazin oder an eine Wand – immer! Das bleibt meine Sicht der Sachlage. Und Greifswald ist, ganz objektiv betrachtet, die schönste Stadt Deutschlands. Die beiden Beraterboys tragen bei diesen Treffen immer die gleichen geilen Klamotten und jedes Mal fehlt noch irgendwas für den beknackten Businessplan:

Gründungsgeschichte (Alles gelogen!)

Gantt-Diagramm (Glücksspiel)

Personalplanung (Wir sind drei)

Zielgruppe (Was für ein Schwachsinnsbegriff!)

Marketingstrategie (Nein)

SWOT-Analyse (Wat?)

Investitionsplan (LANGWEILIG)

Kapitalbedarfsplan (Kapiwas?)

Liquiditätsplanung (Bidde?)

Umsatzplanung (Hauptsache viel)

Gewinnplanung (Auch!)

Break-even-Point (Das heißt Gewinnschwelle, ihr Angeber!)

Point of Sale (Ich kann nicht mehr, hört auf damit!)

Unique Selling Point (Schluss jetzt!)

Ich dachte vor ein paar Wochen noch, dass Juristen unsere Sprache schlecht behandeln. Doch jetzt wird mir klar, die machen nur Spaß. Die wahren Schweine sind die BWLer. Bitte verfassungsrechtlich verbieten – mindestens das Englische in der BWL, oder BWL insgesamt! Das Traurige ist, BWLer wissen nicht, dass sich, wenn sie in einer Bar biertrinkend diese Wörter aus vermeintlicher Geilheit extra laut aufsagen, innerhalb weniger Sekunden ein wilder Mob formiert, mit dem Ziel, ihnen für jedes englische Angeberwort mindestens einen Schneidezahn aus der Visage zu schrauben. BWLer ohne Schneidezähne würden sofort einen ganz neuen Eindruck machen. Zum Glück reißen sich die meisten am Ende zusammen, aber ich spüre sie immer ganz genau, die Mobbildung.

Beim dritten Treffen sind wir sogar zu fünft. Sophie, Philipp, 3.000-Euro-Johnny, Herr Schnitzel und ich. Es geht um die Rechtsform. Was soll Katapult werden? KG, AG, GmbH, GbR, OHG, Verein? Das Wichtigste ist mir, dass es gemeinnützig ist. Das ginge dann eher in Richtung Verein. Wir wollen aber keine Demokratie, weil sonst irgendwelche Kloppis kommen könnten und das Ding übernehmen, befürchten wir, deshalb entscheiden wir uns für eine gemeinnützige GmbH. Das Problem: Dafür braucht man 25.000 Euro Stammkapital, sagt 3.000-Euro-Johnny. Wir gucken auf unsere Konten. Philipp hat tausend Euro, ich habe -32 und Sophie will es nicht sagen, teilt aber mit, dass es nicht über 25.000 Euro sind. Philipp schlägt vor, die 25 Scheine von irgendwelchen ominösen Leuten (seinen Eltern) zu besorgen. Ich lehne ab. Wir können so ein großes Ding jetzt nicht auf so wackelige Weise gründen. 3.000-Euro-Johnny und Herr Schnitzel merken, dass wir das nicht schaffen, und erklären: »Also es gibt da noch eine andere Möglichkeit. Man kann das auch mit weniger

Stammkapital gründen. Dann ist es aber keine GmbH, sondern eine ›UG (haftungsbeschränkt)‹, eine Unternehmergesellschaft mit sehr beschränkter Haftung. Jede andere Firma weiß dann sofort, dass sie mit euch keine riskanten Geschäfte machen darf.«

»Wie jetzt«, sage ich, »das sagt ihr uns erst jetzt? Das nehmen wir! Scheiß auf die Haftung! Wie viel müssen wir da einzahlen?«

»Mindestens einen Euro«, sagt Herr Schnitzel.

»Aber dann wärt ihr direkt nach der Gründung durch die Notarkosten offiziell pleite, also sollten es schon mindestens über tausend Euro sein«, sagt 3.000-Euro-Johnny.

Das schaffen wir. Philipps 1.000 Euro plus meine Schulden plus Sophies unbekannte Geldmenge. Das sind locker über 1.000 Euro. Philipp ist in dieser Hinsicht wirklich bemerkenswert. Er ist etwas später in das Projekt eingestiegen und jetzt volle Granate dabei. Will sogar seine Eltern anhauen. Guter Mann! Sophie ist auch voll euphorisch – ob mit oder ohne Geld, mit den beiden ziehe ich das durch, habe ich den Eindruck. Ohne Geld einfach loslegen, das ist sowieso die ganz große Freiheit! Wer kein Geld hat, aber ein Projekt, braucht sich keine Sorgen zu machen, weil er nur gewinnen kann.

Den Geschäftsplan schreibe ich allerdings zu 95 Prozent alleine. Die Karten mache ich auch alleine, alles Organisatorische auch, weil die anderen nicht so viel Zeit haben. Philipp und Sophie sind dennoch wichtig! Ohne sie hätte ich kein Korrektiv, niemanden, der meine Schreibfehler korrigiert, und niemanden, der sagt, ob das alles gut ist. Ich brauche sie. Als der Geschäftsplan fertig ist und wir Ende 2014 kurz davor sind, den Exist-Antrag abzugeben, steigt Philipp aus. Scheiße! Das ist nicht gut. Er ist wichtig. Ein heftiger Prokrastinierer, aber ein schlauer Kopf. Warum? Er hat Sorge, dass er sein Studium nicht ordentlich beendet. Sophie und ich sind fast fertig. Die Masterarbeit ist für mich kein Problem. Ich hasse Klausuren, aber eine längere Arbeit schreiben ist reinstes Murmeln für mich. Sophie hat bereits früh angefangen und ist mit ihrer bald fertig. Philipp aber hat noch ein paar Semester vor sich, weil er einige Seminare ganz intensiv erleben wollte und deshalb nicht alles auf einmal wegstudiert hat. Seine Entscheidung verstehe ich deshalb gut. Bin nicht sauer auf ihn, aber hasse ihn jetzt.

Am Ende gründe ich Katapult komplett alleine. Eigentlich dachte ich, dass Sophie und ich uns das Magazin teilen, aber sie hat mir am Ende klargemacht, dass sie nur dabei ist, wenn wir die Exist-Förderung bekommen. Ich will Katapult aber so oder so gründen, egal ob mit oder ohne Förderung. Also muss ich die Firma alleine anmelden und hundertprozentiger Anteilseigner werden. Ich sage ihr das so und sie versteht es sofort, Chef will ich aber nicht sein, sag ich, wär zu spießig. Finden wir beide.

ICH FANG DIR NEN BARSCH

Okay, Sophie und ich sind jetzt wieder zu zweit. Von außen programmiert Boris immer noch an der Seite. Also sind wir 2,25 Leute. Wir entscheiden, dass wir mehr sein müssen, also gehen wir zusammen sympathische und fähige Leute aus Greifswald durch. Wir schreiben eine Liste. Ich schreibe 15 Personen auf, Sophie zwei. Sophie teilt nach zwei Tagen mit, dass ihre zwei Leute nicht können. Ich frage zuerst Klara aus meinem Masterstudiengang, aber sie studiert zusätzlich noch Medizin. Scharfe Kombi! Sie ist groß, schlau und stolz auf ihre Fächerkombination. Ich erzähle ihr von unserem Mordsprojekt und dass wir schon voll viele Unterstützer haben und nen Programmierer und schleimige Wirtschaftsberater und geile Karten und Texte und und und. »Wow, das hört sich ja wirklich toll an, da wäre ich gerne dabei. Leider ist mein Medizinstudium so anstrengend, dass ich nicht mitmachen kann.« Okay, das verstehe ich total. Finde sie jetzt aber trotzdem voll daneben! Frage Niklas Niederbach. Er ist Profiprokrastinierer, aber eben auch noch Klugscheißer und Hesse. Ich erzähle ihm von dem Wahnsinnsprojekt Katapult – tolle Karten, gute Wirtschaftsberater, geile Texte, viele Unterstützer. Niklas zeigt Begeisterung. Er wäre dabei, sagt er. Genial! Das freut mich! Er gibt mir in den kommenden Tagen noch mal genau Bescheid, sagt er, und macht es dann nicht. Er meldet sich nicht. Ich schreibe ihn über Facebook an. Nach einer Woche immer noch keine Antwort. Ich schreibe ihm eine SMS. Keine Antwort. Ich rufe ihn an. Nimmt nicht ab. Mail. Keine Antwort. Okay, denke ich, jetzt habe ich einen Monat auf ihn gewartet, der ist raus und zu feige, es mir zu sagen, oder er ist tot. Richtig schlimm ist, dass ich mir schon überlegt habe, welche Aufgaben er übernehmen kann, wie wir das hier alles organisieren, welche Themen für ihn passen könnten und wie schön das alles werden würde. Traurig.

Im Seminar von Felix Bethke (der mit der Studie über Diktatoren) frage ich Mine, ob sie mitmachen will. Sie strahlt viel, sagt mal schlaue und mal mittelschlaue Sachen und kommt immer pünktlich eine Minute zu spät. Sie ist sofort begeistert. Sie macht mit, sagt sie. Sie gibt mir aber morgen noch mal genau Bescheid, was sie dann auch macht. Was schreibt sie? Sie ist dabei! Sehr cool! Das macht ja Spaß! Sie ist dabei! Juhuuu! Wir sind wieder zu dritt!!

Am nächsten Tag kommt eine zweite Nachricht. Mine ist jetzt doch nicht mehr dabei. Sie hat sich das noch mal überlegt und gemerkt, dass sie das nicht schafft. Ich antworte ihr, dass wir uns derzeit nur einmal die Woche für zwei, drei Stunden treffen und Ideen durchgehen. Mine antwortet: »Ah okay, dann bin ich wieder dabei.« Cool. Wir sind wieder zu dritt! Mine, Sophie und ich. Wir machen ein Treffen bei mir zu Hause, wie immer. Sophie kann leider nicht, deshalb sind nur Mine und ich da. Ich habe sicherheitshalber einen Kartoffelauflauf gemacht und viel Schokolade gekauft, damit Mine sich wohlfühlt. Am Ende ist das Treffen nett, aber auch etwas komisch. Am nächsten Tag schreibt sie mir, dass sie doch wieder raus ist, sie hatte ganz vergessen, dass sie sich ja fürs Kitesurfen angemeldet hatte und sich jetzt darauf konzentrieren muss. Na gut, wir sind wieder zu zweit. Macht langsam keinen Spaß mehr.

So oder so ähnlich geht es noch mit vielen Leuten: »Voll die geile Idee, aber …« ist der häufigste Satz. So geht das nicht weiter. Ich bekomme ja nicht nur Absagen, ich verliere auch Freunde, denn alle Freunde und Freundinnen, die ich frage und die mir absagen, sind für mich danach erst mal gestorben. Ich kann deren Ausreden gut verstehen, aber ich erwarte trotzdem, dass sie mitmachen, so unfair das auch sein mag, für mich werden viele Freunde zu scheinheiligen Spackschachteln, mit denen ich nichts mehr zu tun haben will.

Also mach ich ne Ausschreibung auf dem Schwarzen Brett der Uni Greifswald, sonst habe ich am Ende gar keine Freunde mehr. Drei Leute melden sich. Eine will Saxophon spielen. Einer schreibt schon in seiner Mail so eine heftige Scheiße, dass ich nicht antworte, und einer ist ausgebildeter Grafiker. Er schickt ein paar Grafiken, die sehr, sehr gut aussehen – Jonathan heißt er. Genial. Das ist unser Mann! Genau so einen brauchen wir! Wir verabreden uns im Rosmarin. Jonathan ist zurückhaltend und trägt Klamotten mit großen Taschen. Als unser Tisch wackelt, holt er einen Schraubenschlüssel raus und zieht eine Schraube wieder fest. Er hat alle möglichen Sachen in seinen Klamotten deponiert: Maulschlüssel, Taschenmesser, Minisäge, Klebeband, Reißzwecken, Klammern, Knicklichter. Das kannte ich vorher nur von Inspektor Gadget. Er macht beim Unimagazin »Moritz« das Layout. Ein eigenes Magazin wollte er schon immer mal gründen. Perfekt! So hab ich mir das vorgestellt. Wir treffen uns noch ein zweites Mal bei mir zu Hause und haben einen kleinen Streitpunkt. Er ist Fan der Krautreporter, ich finde die lahmarschig. Egal, bei der Liebe zu Grafiken sind wir uns wieder einig. Wir entscheiden, zusammenzuarbeiten und das Ding hier richtig groß aufzuziehen!

Nach zwei Tagen schreibe ich ihm eine Nachricht bei Facebook, die über eine Woche unbeantwortet bleibt. Ich schreibe noch mal, wahrscheinlich hat er meine Nachricht übersehen. Mir wird angezeigt, dass er die Nachricht gelesen hat. Trotzdem: keine Antwort.

Ich versuche anzurufen. Nimmt nicht ab. Beim nächsten Versuch, ihn über Facebook anzuschreiben, sehe ich, dass wir keine Freunde mehr sind und ich ihn nicht mehr anschreiben kann. Er hat mich entfreundet. Ich bin komplett im Arsch. Wieso kann man nicht einfach absagen, wenn man keinen Bock mehr hat? Was für ein mieses Verhalten! Lag das jetzt an den doofen Krautreportern oder was? Auch sowas kann man eigentlich aushalten oder ansagen oder was weiß ich, auf jeden Fall ist das alles scheiße! Auf einmal werden mir alle anderen Absager wieder sympathisch. Sie haben wenigstens fair mit mir kommuniziert. Sie haben gesagt, sie sind nicht dabei. Ah okay, danke, das tut weh, aber ich weiß dann auch Bescheid. Bis auf Niklas. Der hat sich immer noch nicht zurückgemeldet. Vielleicht ist er im Urlaub. Ja, höchstwahrscheinlich ist er seit drei Monaten im Urlaub. Das kann gut sein. Dann aber treffe ich ihn am Ryck. Das ist meine Trainingsstrecke. Jetzt, wo Niklas mir aber so lange nicht geantwortet hat, halte ich doch an, was ich sonst nie mache, denn Training ist Training, da wird nicht einfach angehalten, aber jetzt schon, denn sonst erfahre ich ja nie, was nun eigentlich los ist.

Niklas angelt, ich setze mich schräg hinter ihn und sage: »Hi Niklas!«
»Ah, hi, Benni«, antwortet er verunsichert.
»Na, wie läufts so?«
»Ja, also … Ich zeige dir jetzt mal, wie man einen Barsch fängt.«
(noch unsicherer)
Ist das wirklich ein normales Gespräch, überlege ich. Ich frage, wie es läuft und er antwortet, er zeigt mir, wie man einen Barsch fängt? Was fürn Scheiß!

»Ich angel dir jetzt mal nen schönen Barsch! Wirst sehen.«

»Hast du meine Nachrichten gar nicht bekommen?«

»Ach so, ja, doch ... hab ich bekommen, ich bin aber grad in so ner Phase, da hab ich nicht geschafft, zu antworten. Sorry.«

»Bist du denn noch dabei?«

»Ja, eigentlich schon. Ich bin voll dabei, aber weißt du, ich glaub ich schaff das vielleicht gar nicht, also zeitlich jetzt – aber jetzt fang ich dir erst mal nen richtigen Barsch!«

Ich treffe Sophie zufällig an der Ampel in der Wolgaster, Höhe Greifenfleisch. Ich sage ihr, dass mir sehr viele Schwachmaten abgesagt haben, weil sie zu weich und eben schwere Schwachmaten sind. Mir ist das jetzt aber egal! Total egal! Wir ziehen das durch – zu zweit oder zu hundert, ist mir so dermaßen scheißegal, wie viele mitmachen! Also wirklich scheißegal! »Manchmal braucht sowas auch Zeit, wir warten einfach mal n bisschen ab«, sagt Sophie. Guter Vorschlag. Auf jeden Fall wird es jetzt einfach gemacht. Auch wenn die ganzen Ficker alle nicht können wollen, das ist jetzt das Wichtigste: machen!

ULLI DIE EULE

Letzter Punkt des Geschäftsplans: 3.000-Euro-Johnny und Schnitzel empfahlen damals, ich solle doch noch eine externe Person finden, die aufschreibt, dass die Karten voll nützlich sind, am besten eine Lehrerin, die sagt, dass die Karten sogar für den Unterricht hilfreich sind oder so. Okay, erst mal nachdenken, kenne ich noch Lehrer, die mich einigermaßen okay finden? Da gibts eigentlich nur eine: meine alte Chemielehrerin Corinna Bronikowski. Sie geht sehr aufrecht, forsch und ab und zu ins Solarium. Ich wollte Chemie damals eigentlich kacke finden, aber Frau Bronikowski hat immer alle Zeitungsartikel über mich mit in die Klasse gebracht und gesagt, »Also bevor wir heute anfangen, muss ich euch diese Zeitung rumgeben! Guckt mal, hier ist der Benni schon wieder. Wisst ihr überhaupt, dass ihr einen sehr erfolgreichen Leistungssportler in eurer Klasse habt? Guckt euch das mal an! Benni, wie war denn der Wettkampf so? Hast du Chancen auf Olympia?« Nun hatte ich ein Problem. Wie soll ich so einer Lehrerin sagen, dass ich Chemie schwer zum Kotzen finde? Wie steh ich vor ihr da, wenn ich mir am Ende meinen einen Punkt auf dem Zeugnis abhole, so wie ich es in Physik machen werde. Das kann ich nur Lehrern anbieten, die ich einigermaßen scheiße finde und die mich im besten Fall auch einigermaßen scheiße finden. Aber Frau Bronikowski hat jetzt alles versaut, weil sie mich so lobt und mir deshalb so sympathisch ist. Richtig mieser Lehrertrick. Ich kann mich dadurch in Chemie nicht so hängen lassen, wie ich wollte. Am Ende kommen neun Punkte raus. Das ist ne Drei – mehr war nicht drin.

Nach dem Abi hab ich Frau Bronikowski noch mal ne Mail geschrieben, weil mich eine Sache sehr beschäftigte. In der allerletzten Biologiestunde (sie hat auch Bio gegeben) kam sie ins Klassenzimmer und beschwerte sich über uns. Was wir falsch gemacht hatten, wollte sie aber nicht sagen. Wir sollten nur wissen, wie sauer sie auf uns war. Komische Ansage. Ihre Wut hätte mich eigentlich null interessiert, aber weil sie den Grund so geschickt in ihre Nichtaussage verpackt hatte, hatte ich wieder Interesse. Schlau gemacht. Drei Monate nach dem Abi hab ich es also nicht mehr ausgehalten, sie angeschrieben und gefragt, was denn nun damals los gewesen sei, und dann kam, was kommen musste, sie antwortete.

Sie hatte damals zum Abschluss des Biounterrichts einen Besuch im Greifswalder Tierpark organisiert, aber nicht nur das, sie hatte auch einen Pfleger ranbekommen, der uns Ulli die Eule vorstellte – ABER, kein einziger Schüler hatte sich danach bei ihr für die Organisation des Tierparkbesuchs bedankt. Alle haben es einfach so hingenommen, dass wir Ulli die Eule vorgestellt bekommen haben, als wäre das gar nichts Besonderes mit Ulli der Eule. Als wäre alles ganz selbstverständlich, einfach mal Ulli die Eule kennenzulernen, als wär das nix wert! Als hätten wir Ulli die Eule sozusagen nur nebenbei mal besucht und als wüssten wir Idiotenschüler alle gar nicht, wie man sich korrekt verhält und sich natürlich anständig bedankt, wenn jemand ein Treffen mit einem Tierpfleger und EBEN AUCH ULLI DER EULE ORGANISIERT!

Was ein Mist, wir hatten uns wirklich nicht bedankt, vor allem ich, wo mich Ulli die Eule tatsächlich sehr begeistert hat. Der Pfleger hatte tausend interessante Infos erzählt, aber ich konnte gar nicht zuhören, weil Ulli mich längst hypnotisiert hatte. Sie saß auf dem Arm des Pflegers und immer wenn dieser seinen Arm etwas bewegte, blieb Ullis Kopf an der gleichen Stelle, also nicht nur son bisschen, sondern exakt an derselben Stelle. Sie verbog ihren Körper und der Kopf blieb so, als wäre er durch eine unsichtbare Halterung fixiert. War er aber gar nicht. Ich war total baff und ging deshalb ein Jahr später noch mal zu einer Tierparkveranstaltung, die als »Auswilderung einer Eule« beworben wurde. Da hieß die Eule aber gar nicht mehr Ulli, sondern Ingo – damit konnte ich erst mal nichts anfangen. Wie kann man eine Eule Ingo nennen? Ingo sollte also ausgewildert werden – in die Freiheit! Ingo ist nämlich von Haus aus ein freier Vogel. Der stolze Vogel war aber irgendwie in einen Schornstein gefallen und zur Reha in den Tierpark gebracht worden. Heute soll er die große Freiheit zurückgeschenkt bekommen und endlich wieder kilometerweit, wenn nicht sogar Hunderte Kilometer weit, fliegen können, jagen, den Kopf lustig an einer Stelle fixieren – was freie Eulen eben so machen.

Dann war der große Moment gekommen. Ein wildes Tier darf wieder zurück in die Natur und die Welt erobern. Der Pfleger hat Ingo auf dem Arm und ich merke sofort, dass Ingo das Gleiche kann, was schon Ulli konnte – den Kopf lustig bewegen oder eben nicht bewegen. Da löst der Pfleger die Leine und wippt seinen Arm einmal stark nach oben, damit Ingo einen Reiz bekommt loszufliegen. Das macht man als Eulenpfleger wohl so. Und Ingo, der macht brav, was von ihm verlangt wird. Er springt vom Arm des Pflegers, schlägt mit den Flügeln und hebt ab – er fliegt in die große Freiheit! Er fliegt genau zwei Meter weit und setzt sich auf den Ast des Baumes, unter dem der Pfleger und auch alle Besucher stehen. Nun standen wir da und guckten nach oben zu Ingo. Er war für die Besucher nun nicht weiter weg als vorher. Der Pfleger sagte: »Oh«, und die Besucher wussten nicht so genau, ob das jetzt schon die Auswilderung einer Eule war oder noch irgendwas passiert. Das war sie nun also, die ganz große Freiheit. Aber was haben wir auch anderes erwartet? Da stehen ein Tierpfleger und ein paar schaulustige Idioten und warten darauf, dass eine Eule das macht, was von ihr erwartet wird. An Ingos Stelle hätte es nichts Freieres geben können, als unsere Erwartungen zu enttäuschen. Das gehörte für Ingo offensichtlich zur Freiheit. Er saß da auf seinem Ast und dachte: »Fickt euch alle mal anständig ins Knie, ihr Spanner.« Zur Freiheit gehört auch, sie nicht in Anspruch zu nehmen, nur weil ihr es so wollt, dachte er sicher! Und so blieb es dann auch. Ein paar Wochen später schrieb die Ostsee-Zeitung, dass Ingo sich weiterhin im Bereich des Tierparks aufhält, obwohl er frei ist.

Seine Entscheidung.

Frau Bronikowski war also verärgert, weil wir uns nicht bei ihr bedankt hatten. Das konnte ich gut verstehen und holte meine Danksagung in der nächsten Mail nach. Wir tauschten noch ein paar Mails über Politik, Schule und Sport aus – eigentlich waren es ziemliche viele Mails, Zweiwochentakt etwa – wie eine richtige Brieffreundschaft. Sie war also die perfekte Lehrerin, die ich nun darum bitten konnte, den Vorschlag von 3.000-Euro-Johnny umzusetzen. Also schrieb ich sie an und fragte, ob sie mir so eine Art O-Ton per Mail schicken könne. Einfach nur zwei, drei Sätze, dass die Grafiken für den Unterricht nützlich seien. Nach zwei Wochen keine Antwort. Ich schicke eine Erinnerungsmail, »Mail runtergerutscht?« Wieder: keine Antwort. Ich probiere es ein drittes Mal.

Und zum dritten Mal kommt: keine Antwort. Der Exist-Förderantrag bleibt ohne Unterstützung einer Lehrerin, weil ich sonst keine anderen Lehrer mehr kenne. Sophie auch nicht. Traurig. Ich entscheide, nie wieder eine Mail von Corinna Bronikowski zu beantworten, was ich dann auch nicht mache, als sie mir irgendwann wieder eine Mail schreibt und nicht mal ein Wort über meine ursprüngliche Frage verliert. So Leute kann ich nicht gebrauchen.

Wir geben den Exist-Antrag im Oktober 2014 ab und nehmen Boris, den Programmierer, einfach als dritte Person mit rein. Das ist sowieso besser, weil wir dann nicht drei Politikwissenschaftler sind, sondern nur zwei Politologen und dafür ein Programmierer, das wirkt seriöser und für den Antrag besser. Es dauert jetzt drei Monate, bis die sich entscheiden, ob wir die Förderung bekommen. Unsere große Schwachstelle ist die technische Innovation. Weil uns die fehlt und ich mir da irgendwas aus den Fingern saugen musste, von wegen automatisiertes Kartenerstellen, obwohl ich keine Ahnung von automatisiertem Kartenerstellen habe, könnte es sein, dass wir von Anfang an aussortiert werden, meint 3.000-Euro-Johnny.

Weil wir in den Geschäftsplan geschrieben haben, dass wir auch über Crowdfunding Geld sammeln wollen, beginne ich direkt damit, ein Video dafür zu drehen. Mein Mitbewohner Marcel hilft mir. Er ist Ornithologe, Fotograf und etwas neoliberal. Ist manchmal schwer auszuhalten, aber ich brauche jetzt seine Fähigkeiten. Mit ihm habe ich mal die heftigsten Polarlichtbilder am Strand von

Gahlkow gemacht. Niemand hat in unserer Region jemals so geniale Polarlichter fotografiert – das weiß ich, weil ernstzunehmende Forenmitglieder des Polarlichtforums das so gesagt haben. Unser Video dazu gibt es noch heute auf Youtube: »Northern Lights – Greifswald (Germany)«. Das Zeitraffervideo ist von ihm, die Bilder am Ende sind von mir. Er war der Experte und hatte mir gesagt, wie ich denn meine Kamera einstellen muss, damit die Lichter gut sichtbar werden. Weil ich aber nicht so gut zugehört hatte, habe ich die Kamera falsch eingestellt, mit dem Ergebnis, dass meine Bilder aus Versehen viel besser wurden als seine. Marcel konnte seine Einstellungen aber nicht mehr anpassen, weil er seine Zeitrafferaufnahme schon vor einiger Zeit gestartet hatte, und die sollte anschließend drei Stunden unverändert durchlaufen. Da stand er nun und musste drei Stunden dabei zuschauen, wie seine Aufnahmen schlechter wurden als die von Polarlichtprofi Fredrich.

Auf jeden Fall ist Marcel eigentlich der Kameraexperte und deshalb dreh ich mit ihm ein großes Crowdfunding-Video über Greifswald und Katapult. Am Anfang machen wir ein paar Aufnahmen von der Stadt. Das dauert ewig. Wir fahren überall hin: Petershagenallee, Wieck, Marktplatz, in die Platte nach Schönwalde und zum Schwedenkontor, wo nachts viele, also einige, Sprayer ihren Job machen. In der Mitte kommt eine kleine Rede von mir. Sophie will leider nicht so richtig mitmachen beim Video. Sie ist insgesamt etwas abgesprungen, nachdem wir den Antrag abgegeben haben. Wahrscheinlich haben Sophie und ich uns da missverstanden. Meine »Machen«-Ansage war viel kompromissloser gemeint. Ich bin jetzt eigentlich alleine mit Katapult und kann ab und zu meine Mitbewohner und Boris dazu motivieren, mir bei einzelnen Sachen zu helfen. Am wichtigsten ist natürlich Ronja. Sie ist immer da, sie ist immer positiv, sie hat immer neue Ideen.

Zurück zum Aalvideo. Was fürn Aalvideo? Durch Marcel wusste ich, wie man Zeitraffer macht, also mehrere Einzelbilder aneinanderpatscht und daraus ein Video wird. Das kann man mit Polarlichtern machen. Aber auch mit Menschen, dachte ich mir. Machen wir also ein Aalvideo: Ein Mensch legt sich gerade auf den Boden und hält die Arme dicht am Körper. Der Fotoapparat macht alle drei Sekunden ein Bild. Nach jedem Bild hat die liegende Person drei Sekunden Zeit, etwas nach vorne zu robben. Am Ende sieht es so aus, als würde man sich über den Boden aalen. Genial, oder? »Wat hat dat denn mit deinem Magazin zu tun?«, fragt Marcel. »Gute Frage«, sage ich, »mir fällt dazu bestimmt noch was ein.« Zum Aalvideo kommen wir aber nicht mehr. Das Wetter wird schlecht. Ich bastel wieder Karten und schreibe Artikel, denn wir brauchen für den Start ein paar Texte, sonst sieht das alles so leer aus. Ich schreibe den allerersten Katapult-Artikel. Thema: Landgrabbing. Muss kurz an Streek denken. Die allererste Katapult-Karte ist eine Weltkarte. Sie zeigt die Länder, aus denen die meisten Landräuber kommen. Auf Platz eins sind natürlich die USA, danach Malaysia. Überschrift heißt »Land zu verkaufen«, schön lahme Überschrift.

BLUTE UND FREUE MICH

Das größte Problem für ein neues Magazin ist seine Unsichtbarkeit. Ein neues Magazin, gegründet von unbekannten Studenten aus einer unbekannten Stadt. Hört sich cool an, ist aber ein Problem. Jeder denkt, wir sind ein kleines »Projekt« von ehemaligen Uniabbrechern. Wir brauchen Leute, die uns bekannt machen. Mir fallen vier Kandidaten ein: zuerst Stefan Niggemeier. Er ist der unsympathischste Journalist der Welt. Niggemeier kennt keine Freunde. Er schreibt rotzig, was er denkt, und gibt gut aufs Maul, wo es geht, was ihn wieder halb sympathisch macht. Ich schreibe ihm eine Mail und frage, ob ich mal anrufen darf. Ich darf. Wir telefonieren. Trage aufgeregt meinen Katapult-Vortrag vor. Nach fünf Minuten fragt er: »Ja okay, aber was soll ich denn bei dem Projekt überhaupt machen?« Da ist sie, seine rotzige Ehrlichkeit. »Wir bräuchten vor allem gute Schreiber, es würde aber auch reichen, wenn wir uns ab und zu austauschen könnten«, antworte ich. Niggemeier ist nicht so begeistert. Er sagt, er habe da auch grade ein »eigenes Projekt«, das bald starte. Dafür interessiere er sich mehr als für Katapult. Na gut, das ist ne Absage. Immerhin kein freundliches Geschwurbel, bei dem ich hingehalten werde, weil sich der andere nicht traut, ehrlich zu sein.

Meine zweite Idee ist die »Zeit«. Ich hab das Gefühl, dass die meine Karten gut finden. Lasse mich in die Bildredaktion durchstellen und frage, ob ich mal ein paar Grafiken schicken darf, damit sie dann entscheiden können, ob wir nicht kooperieren könnten.

Antwort: Ja. Nach ein paar Wochen kommt sie dann, die Entscheidung. Sie fänden die Grafiken »gut«. Ich solle mich melden, wenn wir gegründet haben, und dann könne es losgehen. Wow! Das ist der Durchbruch! Ich schmeiße mich aufs Bett, stehe wieder auf, schmeiße mich wieder aufs Bett, stehe wieder auf und schmeiße mich aufs Bett und haue mir meinen Hinterkopf an der Bettkante auf. Blute und freue mich. Rufe Ronja an, um es ihr zu erzählen. Sie ist begeistert. Jetzt haben wir es geschafft. Katapult wird groß, ganz groß!!

Option drei ist Sebastian Jabbusch. Die größte Rampensau, die ich kenne. Jabbusch lispelt, scheißt klug und hat kein Schamgefühl. Also gar keins. Der Typ hat sich mal als Ernst Moritz Arndt verkleidet allein vor die Greifswalder Mensa gestellt und rassistische, antisemitische und ausländerfeindliche Arndt-Zitate ins Mikro gebrüllt. Er wollte darauf aufmerksam machen, dass die Uni nach nem menschenfeindlichen Klappspaten benannt ist. Noch mal: Das hat der alleine gemacht. Nicht mit einer Gruppe im Hintergrund, die ihn unterstützt. Ganz alleine, mit Robe und Hut, ordentlichem S-Fehler und superlauten Lautsprechern. Die Studenten blieben nicht stehen. War ihm scheißegal. Er hörte nicht auf. Irgendwann blieben sie stehen und später wurde eine große Debatte in der ganzen Stadt darüber geführt, ob die Greifswalder Uni den Namenspatron nicht wechseln sollte, wenn er doch wirklich ein Rassist war. Und heute heißt die Uni tatsächlich nicht mehr so.

Ich schreibe Jabbusch an. Er antwortet schnell und fragt, was denn seine Aufgaben wären. »Weiß noch nicht«, antworte ich. »Alles

Mögliche. Wer dieses Arndt-Ding durchzieht, den kann ich hier an allen möglichen Stellen gebrauchen.« Jabbusch findet die Idee cool und wär sofort dabei, wenn er nicht selbst grade ein Unternehmen aufbauen würde. Er will Social-Media-Berater werden. Schade, denke ich, hatte gehofft, er wird politischer Aktivist, so wie Rudi Dutschke oder Christoph Schlingensief. Stattdessen arbeitet er jetzt für die EU-Kommission. Na gut, auch nicht schlecht. Er bietet mir an, uns bei den sozialen Medien zu helfen, weil er die Katapult-Idee »thexy« findet. Das nehme ich sofort an. Wir vereinbaren einen Termin.

Als Nächstes kommt Jens Berger, der einen der größten deutschen politischen Blogs, den »Spiegelfechter«, betrieben hat und jetzt ganz neu bei den Nachdenkseiten ist. Er ist ein liberaler Typ, das hab ich daran gemerkt, dass er, obwohl es ja sein Blog ist und er der »Spiegelfechter« sein soll, immer wieder auch andere Schreiber mit anderen politischen Positionen veröffentlichen lassen hat. Ich kenne ihn, weil ich ihm unbekannterweise einen Artikel zugeschickt hatte, den er dann im Blog veröffentlichte. War mein erster jemals veröffentlichter Artikel, publiziert während der Fußball-WM 2006, als in Deutschland zum ersten Mal seit dem Zweiten Weltkrieg wieder ausgiebig Flaggen ausgerollt wurden. »Furcht vorm kollektiven Fahnenschwenken« hieß der Text. Die Leserschaft war gespalten. Die Gegner warfen mir vor, die schöne Stimmung kaputt machen zu wollen, weil ich die harmlos wirkende Verwendung der Nationalflagge als Türöffner für zukünftigen Nationalismus im politischen Sinn wertete. Nun arbeitet Berger aber nicht mehr alleine, sondern für die Nachdenkseiten. Ich rufe ihn an. Er kennt mich noch. Sagt er jedenfalls. Er ist gut gelaunt und schlägt vor, dass ich mich noch mal melden soll, wenn unsere Seite online geht, dann guckt er, ob und wie er uns etwas Aufmerksamkeit geben kann. Ich freue mich.

Wir ziehen in unser erstes Büro zu den Politologen und Philosophen in die Baderstraße 6/7. Buchstein hatte es uns besorgt, obwohl er es nicht musste. Zum Einzug schließt er uns die Bürotür auf, gibt mir den Schlüssel und sieht in dem ansonsten leeren Raum eine alte Hawaiikette aus Plastikblüten auf dem Tisch liegen. Er legt sich die blau-gelbe Blumenkette um den Hals und sagt: »In diesem Büro war schon immer gute Stimmung, sehen Sie?« Danach legt er mir die Plastikkette um den Hals, als wäre das die Zeremonie, die man hier so macht, wenn man ein neues Büro bekommt. Sehr witzig, obwohl ich ihn auch schon gut angreiferisch erlebt habe. Wir sind zweimal aneinandergeraten, wegen Kleinigkeiten im Seminar, aber das Geilste ist mit einem anderen Studenten passiert:

Unter den Politikstudenten gibt es immer ein paar Schwafler. Das sind meistens die, die in einer Partei sind. Professor Buchstein lässt diese Schwafler aber niemals ausreden. Das hält er nicht aus. Man sieht dann, dass er schnell nervös wird, wenn jemand anfängt, blödsinnige Worthülsen in den Raum zu werfen. Wenn das passiert, kann man von drei runterzählen, weil absolut klar ist, das hier gleich alles explodiert. Nach drei Sekunden also wird er dazwischengrätschen und sagen: »Wollen Sie heute noch zum Punkt kommen?!«, und wenn derjenige dann immer noch nicht zum Punkt kommt: »Okay, danke. Das reicht uns.« Nur einmal war es anders. Das vergesse ich nie. Ein Student von der Linkspartei kam so richtig in Fahrt und palaverte eine Grütze, dass wirklich niemand mehr zuhörte. Also begann ich, Buchstein zu beobachten. Alles klar, er hält es nicht aus und er klopft bereits leise mit den Fingern auf den Tisch. Drei, zwei, eins ... Jetzt müsste seine Intervention kommen! Er muss ihn unterbrechen, anders gehts ja gar nicht. Und dann ... nichts. Er reagiert nicht. Sein Kopf wird schon rot, er sieht aus, als würde er gleich platzen, zusätzlich wälzt er sich auf seinem Stuhl hin und her. Das Ganze geht noch zehn Minuten so und niemand versteht so richtig, warum der Eumel von der Linkspartei so lange faseln darf. Er beendet seine Rede voller Stolz. So lange durfte bisher nur Buchstein selbst reden. Die ersten Studenten gucken wieder hoch in die Runde. Es ist Ruhe. Alle warten auf die Reaktion von Buchstein. Fand er das jetzt gut, oder was? Das war doch ungeil ohne Ende, das kann er doch nicht gut gefunden haben. Alle sind ruhig. Buchstein sitzt auf seinem Stuhl und guckt nach unten auf den Tisch, nimmt seinen Kopf langsam hoch und sagt ganz entspannt: »Alles – komplett – falsch!« Was für eine Zerstörung. Vollkommen zu Recht, aber dennoch wusste ich, wir müssen uns hier benehmen im neuen Büro. Wenn wir uns danebenbenehmen, schmeißt er uns wieder raus.

DER ANZUGMANN

Der Exist-Antrag ist durchgegangen. Kaum zu glauben! Jeder soll 2.500 Euro bekommen. Jetzt brauchen wir noch eine dritte Person, denn Boris will nach wie vor nicht wirklich bei uns mitmachen. Job ausgeschrieben. Abgewartet. Und dann: Bewerbungsgespräche führen. Der erste Bewerber trägt Anzug. Mist, das hatten wir in den Bewerbungsunterlagen nicht gesehen! Das ist DER Anzugmann. Er ist stadtbekannt dafür, immer und überall einen schwarzen Anzug zu tragen. Strandparty? Er trägt Anzug. Morgens Brötchen vom Bäcker holen? Anzug. In die abgefuckteste Kneipe gehen? Anzug! Wahrscheinlich schläft er auch darin. Man könnte das Ganze lustig finden, wenn es das wäre. Der Typ braucht meiner Meinung nach Hilfe. Er hat die Anzugkrankheit und er interessiert sich für Nietzsche – das sind ja gleich zwei Krankheiten. Was sind die ekelhaftesten Menschen der Welt? Nietzscheaner. Immer! Vielleicht kann Nietzsche gar nichts dafür, vielleicht aber auch doch, aber wer mir sagt, dass er in seiner Freizeit Nietzsche liest, ist grundsätzlich auf der anderen Seite von sympathisch.

Genau genommen gibt es auch nicht nur den einen Anzugmann in Greifswald, sondern gleich drei. Der erste Anzugmann hatte wohl eine so starke Ausstrahlung auf andere hilflose Studenten, dass diese auch entschieden, immer einen Anzug zu tragen. Deshalb gibt es auch noch Anzugmann II und den halben Anzugmann. Der trägt keinen ganzen Anzug, sondern lediglich Sakko. Für ihn ist es besonders schwer. Wenn er unter normalen Leuten ist, wirkt er wie der größte

Pfosten, weil er ein Sakko trägt. Wenn er mit Anzugmann und Anzugmann II unterwegs ist, sieht er hingegen komplett bescheuert aus, so als fehlten ihm Hosen. Na ja. Diese Anzugmänner studieren BWL oder so, aber sie philosophieren sehr gerne und sehr laut. Das ist das Problem. Man hört sie überall. Wenn man sich ihnen auf zwanzig Meter nähert, hört man Sätze wie »Nietzsche war kein Frauenhasser. Er war darauf bedacht, dass jeder Mann sein Weib zu seinem Vorteil erzieht.« Warum hat denen eigentlich noch niemand ordentlich die Fresse gebürstet? Auf jeden Fall sitzt jetzt der Anzugmann, also der originale, die Nummer eins unter den Anzugmännern, bei uns im Bewerbungsgespräch und macht einen schlechten Eindruck.

»Nettes kleines Büro, wie viel Gehalt zahlt ihr eigentlich? Müsste ich dann auch hier im Büro arbeiten?« Ich halte das nicht aus! Der Typ stinkt in alle Richtungen. Wir sind zu brav, als dass wir das Gespräch einfach so abbrechen, also müssen wir da jetzt durch. »Ich sehe mich als aggressiven Stoiker, hoffe, das ist in Ordnung für euch«, sagt er. Alter Vadder, was ist das denn für eine Scheiße, er sieht sich als aggressiven Stoiker? Wer redet denn so? Das ist doch krank! Sein Denken sei überdies so »mannigfaltig«, wie man es von einer »Konferenz aus Geistesgrößen aller Jahrtausende« nur erwarten kann. Bidde? Hat der das wirklich gesagt? Mannigfaltig? Geistesgrößen? »NIEMAND REDET SO!«, schreie ich in Gedanken zu Sophie und weiß, dass sie mich hört.

Mein Vater ruft an: »Benni, den kennst du noch nicht! Gehen zwei Polizisten an einem Aquariumgeschäft vorbei. Der ältere Polizist wischt mit dem Finger an der Scheibe und die Fische folgen dem Finger. Der alte Polizist erklärt dem neuen Kollegen, dass das so sei, weil die intelligenten Wesen die unintelligenten Wesen beeinflussten können, das ist immer so. Der alte Polizist geht kurz in den Laden, kommt wieder raus und sieht, wie der junge Polizist SO macht ... ach Scheiß, kann ich jetzt gar nicht vormachen. Zeig ich dir nachher.«

»Haha. Verstehe ihn trotzdem. Den hatte ich schon wieder vergessen. Papa, ich muss weitermachen – hahaha.«

Der Anzugmann schlägt auch gleich noch einen Artikel vor, was ich an und für sich sehr gut finde, aber ich habe jetzt schon Angst vor dem Thema. Wahrscheinlich irgendwas mit Herrenmenschen oder Frauen und Kochtöpfen oder so – das wird alles mies. Schon in diesem Moment fällt mir auf, dass wir härter sein müssen. Wenn wir Leute scheiße finden, dann muss man auch schnell den Absprung schaffen, sonst verliert man nur Zeit und gute Laune. Aber jetzt will er dann doch erst mal seinen Themenvorschlag für den ersten Artikel nennen: »Wie ich mit 36 Strategemen eine Schlägerei in der Disko schlichte und nebenbei noch eine schöne Frau für mich gewinne«. Er ist genauso, wie wir immer alle vermutet hatten. Ein vollständiger Spinner mit Anzug drum herum.

TIM EHLERS

Die zweite Bewerberin ist ausgebildete Töpferin und fragt, ob wir das irgendwie für das Magazin gebrauchen könnten, denn das könne sie sehr gut. Sie hat auch ein paar Proben mitgebracht, Schalen mit Elefanten und Eichhörnchen drauf. Sie könne auch Katapulte raufmalen, »kein Problem«, sagt sie. Aber sie kann nur zu Hause töpfern und beantragt also direkt jetzt schon mal »Homeoffice«. Okay. Das war zwar nett, aber Töpfe brauchen wir derzeit leider noch nicht. Unser Mut reicht grade so aus, um das ehrlich zu sagen.

Dann kommt Tim Ehlers. Ich kenne ihn, weil seine Freundin ihn mal in der Mensa beworben hatte: »Benni, du machst doch jetzt n Magazin. Darf ich dir mal meinen Freund vorstellen? Das ist Tim, der hat schon viel geschrieben. Tauscht euch mal aus!« Wir machten, was seine Freundin verlangte. Ich bestätigte, dass ich ein Magazin gründe, und er, dass er schon geschrieben hat, aber nicht so viel, wie seine Freundin meinte. Und jetzt sitzt er hier mit Sophie und mir, weil er sich wirklich beworben hat. »Ich hab doppelt so lange studiert, wie die Regelstudienzeit gewesen wäre«, sagt er und grinst dabei. Eigentlich ist das ja was Schlechtes, wenn jemand so lange fürs Studium braucht, aber er findet das wohl ganz lustig. »Ich war viel im Ravic, wenn ihr versteht, was ich meine.« Er grinst weiter und erzählt, dass er nach dem Studium arbeitslos war und dass ihm zehn Jahre jüngere Leute vom Arbeitsamt eine Woche lang erklärt haben, wie man eine Bewerbung schreibt, und dass am Ende dann ein fünf Jahre jüngerer Mitarbeiter gekommen ist und gesagt hat, dass die Bewerbung jetzt noch schlechter sei als vorher und dass man mit seinem Studium der Germanistik sowieso keine Arbeit findet. Er solle doch lieber noch mal Maschinenbau studieren, hätten sie ihm gesagt.

Der Typ verwirrt mich. Er kommt hier ins Bewerbungsgespräch, trägt sofort alle negativen Punkte seines Lebens vor und grinst dabei, als wären die negativen Punkte superlustig. Je länger das Gespräch geht, desto mehr verstehe ich, wie lustig sein Leben tatsächlich ist. Vielleicht ist auch jedes traurige Leben lustig, oder andersrum. Er hat auf jeden Fall mal im Pommerschen Landesmuseum gearbeitet. Jetzt ist er im Auslandsamt der Uni. Er hat dort ne halbe Stelle und kümmert sich um die Studenten, die ins Ausland gehen wollen, und das, obwohl er selbst nie im Ausland gewesen sei. Ruhiger Job, meint er.

Für Sophie und mich ist klar, der Typ solls sein! Tim Ehlers. Denn was er gar nicht so richtig erzählt, er kann auch was: schreiben, Photoshop, lektorieren und anscheinend ja auch grinsen. Das reicht für Katapult. Wir sagen ihm also zu. Er aber sagt, er brauche noch etwas Zeit, um zu entscheiden. Er hat ja derzeit den sicheren Job und da bliebe auch noch viel Freizeit, unsere Stelle wäre ja Vollzeit und er weiß auch gar nicht, wie er jetzt aus dem Vertrag da rauskommt und dann käme er auch nicht mehr so viel ins Ravic wahrscheinlich und zudem ist ja bei Katapult gar nicht sicher, ob das länger als ein Jahr geht, sein jetziger Job wäre natürlich lange Zeit sicher, aber eigentlich ist Journalismus schon geiler als International Office. Okay, denke ich, schon wieder so ein Affe, der erst will und dann doch nicht. Ist aber falsch gedacht. Tim Ehlers meldet sich nach ein paar Tagen Bedenkzeit und sagt zu. Ab März ist er dabei. Er gibt seinen sicheren Job für Katapult auf. Respekt!

UNIQUE – QUICK AND DIRTY

Sophie und ich melden uns beim Greifswalder »Ideenwettbewerb«
an. Das Gründerbüro der Uni hatte uns geraten, dort mitzumachen.
Warum nicht? Soll Preisgeld geben. Da sind wir dabei. Es gibt sieben
Bewerber und Preise von 500 bis 2.000 Euro, die im edlen Konzil-
saal der Uni vergeben werden. Wir finden unsere Geschäftsidee so
gut, dass wir gewinnen müssen – auch weil die anderen Konzepte
meistens von BWL-Knalltüten kommen. Die Bewerber tragen ihre
Ideen innerhalb von fünf Minuten vor, sorry: Sie »pitchen« ihre Idee
und eine Jury aus fünf Leuten bewertet dann danach und vergibt die
Preise. Die ersten Gegner wollen sowas Ähnliches wie Tinder machen. Irgendwer »matcht« mit irgendwem und dann findet man die
Liebe seines Lebens oder so. Ich fall ins Wachkoma, wie langweilig
ist das denn? Der Pitcher sagt alle drei Sekunden »matchen«, das
findet er geil. Team zwei besteht aus einer Einzelperson. Sie möchte
Trinkbeutel aus veganem Leder machen. Interessant. Es wird immer mal wieder darüber gelästert, dass die Start-up-Welt krank
ist, aber das nächste Team übertrifft alles! Ein gelackter Affe steht
auf der Bühne und sagt, »Wir sind Funny Fresh und hauchen euch
frische Luft ins Leben!« Wat will er denn?! Dat ist doch kein Satz!
»Funny Fresh liefert euch Ostseeluft, wohin ihr wollt, damit ihr immer fresh bleibt.« Es wird immer schlimmer. Die wollen Ostseeluft in Flaschen verkaufen. Ich sags ja, hier nehmen irgendwelche
BWL-Kackeimer teil, die nur mal in ihren Lebenslauf schreiben
wollen, dass sie an einem Ideenwettbewerb teilgenommen haben,
die wollen nur mal ein schlechtes Unternehmen gründen, das gegen

die Wand fahren, um danach Unternehmensberater zu werden, aber dann kommts: Anstatt sich einfach über die Idee lustig zu machen, fragt einer ausm Publikum, wie denn die Luft transportiert werden soll. Antwort: in Flaschen und das hatte er ja auch schon in der Präsentation gesagt. Ein zweiter ausm Publikum steht auf und sagt mit hoher Stimme: »Das kenne ich aber schon aus den USA. Die heißen da ›Vitality Air‹ und haben auch noch Himalayaluft im Angebot.« Okay, was geht denn jetzt ab? Die zeigen erstens Interesse, und dann gibt es die Scheiße wirklich schon? Ostseeluft in Flaschen ey, ich will nicht mehr! Die Vierten machen was Medizinisches. Analysetool, Lymphknotendissektion, Plasma-irgendwas – ich verstehe kein Wort, aber es hört sich wichtig an. Die könnten uns gefährlich werden. Medizin geht immer!

Dann kommen wir. Unsere Karten finden alle cool. Kritik gibt es für unser Vorhaben, unsere Karten und Artikel in zehn Sprachen übersetzen zu wollen. Das sei nicht zu schaffen, meint eine Jurorin. Ich denk, was sind das denn für Schlaffos hier? »Nicht zu schaffen.« Klar schaffen wir das, wir sind Katapult!

Als Fünftes kommt eine Firma, die ein elektronisches Überwachungssystem für Desinfektionsspender in Krankenhäusern bauen will. Die wollen also, dass sich das Krankenhauspersonal regelmäßiger die Hände desinfiziert. Mh, auch medizinisch. Die könnten auch Chancen haben. Danach kommen wieder waschechte BWL-Bratzen: Laute Musik. Sieben Leute springen durch den Raum. Einer steht an einem DJ-Pult und bewegt seine

eine Hand cool vor und zurück. Dann kommt eine noch coolere Ansagerin: »Wir sind LAUTE MUSIK. Wir bringen einhundert Prozent Stimmung auf dein Event. Unser Equipment ist in fünf Sekunden aufgebaut. Stecker rein, los geht's. Wuuhuuuu!« Okay, coole Show, aber eigentlich haben die bis jetzt nur Boxen und DJ-Pult auf nen Wagen gebastelt und sind drum herumgetanzt. Besser als nix, aber als innovative Firmenidee? Ich weiß nicht. Der letzte Bewerber ist richtig schlau. Er will das machen, was eigentlich auch alle Juroren machen – Wirtschaftsberatung. Er hat BWL und sogar auch VWL (Respekt!) studiert und will jetzt anderen Firmen und auch Start-ups helfen. Erst denke ich, was will er denn hier mit dieser Idee, aber dann fällt mir auf, er ist eigentlich zweifach schlau, denn die Juroren sind ja erstens auch fast alle Wirtschaftsberater. Die können ihm ja nun nicht sagen, dass das ne blöde Idee ist, die er da hat. Und zweitens macht er hier direkt Werbung bei neuen Start-ups für seine Beratung. Der hat sich hier ganz clever in die Veranstaltung eingeschleust.

Bevor die Jury die Gewinner nennt, gibts noch einen Vortrag vom Greifswalder Bürgermeister. Es kommt aber gar nicht der Bürgermeister, sondern jemand anderes, wahrscheinlich sein Vertreter, auf die Bühne. Kenne ich nicht. Er sagt ein paar nette Worte und dann den Satz: »Der Bürgermeister lässt sich ganz herzlich grüßen.« Hat der das grade wirklich gesagt? Links neben mir sitzt Sophie und ich frage sie, hat der eben gesagt, »Der Bürgermeister lässt sich ganz herzlich grüßen«? Sophie nickt und fragt, warum ich das wissen will. Ich antworte, dass das ja bedeutet, dass der

Bürgermeister sich selbst grüßt, aber nicht nur das, er hat sogar jemanden damit beauftragt, sich selbst grüßen zu lassen. Das ist ja wohl der geilste Versprecher überhaupt! Wir müssen heftig lachen und können nicht aufhören. Total peinlich. Dann kommt das Schlimmste. Sophie ist was an der Wand aufgefallen und zeigt mit entsetztem Gesicht auf ein Gemälde. Darauf hat ein Renaissancemaler dem dritten Unirektor dermaßen virtuos sein Schielen ins Gesicht gemalt, dass es aus uns rausbricht. Wir lachen so hart, dass wir die Veranstaltung verlassen müssen und erst zur Bekanntgabe der Sieger wieder reinkommen dürfen.

Platz drei geht an den BWL-Berater. Das wusste ich, den konnten die nicht verlieren lassen. Auf Platz zwei landen die Desinfektionsleute. Find ich gut. Platz eins: das Medizinprojekt, von dem ich kein Wort verstanden hatte. Vielleicht war das auch Absicht. Wenn keiner was versteht, kann auch keiner was kritisieren, und Menschen heilen geht immer. Gute Entscheidung. Okay, wir sind raus. Der Veranstalter geht noch mal auf die Bühne und sagt, »So, kommen wir zum Sonderpreis.« Na toll, denke ich, was fürn Sonderpreis? Wenn den die Ostseeluft bekommt, kotze ich diesen Saal knöchelhoch voll! »Der Preis ist mit 3.000 Euro dotiert«, sagt der Veranstalter. Ach was! »Den Sonderpreis gewinnt das Katapult-Magazin.« Geil!

Eine Stunde später. Büfett ist eröffnet. Die haben marokkanisches Essen liefern lassen. Wahnsinn! Nach so einer Veranstaltung sollen sich immer noch alle schön unterhalten, »Networking«, so will es der Veranstalter, und gutes Essen hält die Leute noch länger vor

Ort. Eine Jurorin kommt auf uns zu, stellt sich kurz vor und meint, »Ich will noch was loswerden. Ich finde Ihre Idee ganz toll, aber ich hatte irgendwie nicht den Eindruck, dass Sie, wie soll man sagen, Sie müssen mehr, also wie arbeiten Sie eigentlich? Sie müssten noch mehr quick and dirty sein.«

»Wie das denn?«, frage ich zurück.

»Na ja«, meint sie, »ich hab so den Eindruck, bei Ihnen, da fehlt noch so ein Put-your-heads-together.«

»Bei uns fehlt ein ›put our heads together‹?«

»Ja genau.«

Was ist denn bei ihr im Kopf kaputtgegangen, frage ich mich. Dann aber kommt direkt ein älterer Herr mit weicher Stimme dazu. Selbstbezeichnung: Business-Angel. Wie geil ist denn das: ein Geschäftsengel. Leute, die von sich selbst sagen, sie seien Engel, kann ich nicht ernst nehmen, aber zumindest wirkt er harmlos. Anscheinend hat er unser Quick-and-dirty-Gespräch mitgehört, weshalb er wohl »ja« sagt. »Das stimmt, das fehlte mir bei Ihnen auch.«

Veräppeln die uns? Nee, die meinen das wirklich so. Die können sich gar nicht mehr so ausdrücken, dass andere was verstehen. Was ist das denn fürn blöder Tipp? Wir sollen jetzt quick and dirty und mit den Köpfen together arbeiten, oder was? Unkonkreter gehts wohl nicht. Nachdem der heilige Engel noch mal nachgeplappert hat, was vorher die kaputte Frau gesagt hatte, gehts dann aber endlich mal politisch weiter. »Wissen Sie, nur weil man in Afrika Land kauft, muss das noch lange kein Landgrabbing sein«, sagt der Engel. Ach was, das wird ja jetzt interessant, denke ich. Wir hatten in

unserer Präsentation für den Wettbewerb auch die Karte über welt-
weites Landgrabbing gezeigt. Das gefiel ihm wohl nicht so. »Wenn
westliche Konzerne Land in Afrika kaufen, ist das Landgrabbing«,
erwidere ich. Der Engel wirkt verstört, ich sehe, was in seinem Kopf
grade abgeht und dann quillt es auch direkt aus ihm heraus: »Warum muss man das gleich so negativ benennen? Ich habe Beteiligun-
gen an Firmen, die viel Land in Afrika gekauft haben – ganz legal,
wissen Sie? Bin ich jetzt deshalb direkt Landgrabber, oder was?«,
fragt der Engel in etwas forscherem Ton. »Vielleicht nicht direkt,
aber dann doch mindestens indirekt«, antworte ich. Er winkt ab
und geht, weil er nicht versteht, was Landgrabbing ist.

ALLES ILLEGAL!

Von dem Preisgeld kaufe ich mir noch vor dem großen Start von Katapult einen gebrauchten VW-Passat. Kombi natürlich. Boris ist mit der Internetseite fertig. Wir sprechen über die letzten Details und ich hab immer noch im Kopf, dass er ein Geheimagent ist oder mindestens gewesen sein muss, weil er ja damals son Geheimnis um seinen Job gemacht hat und von der Schwalbe wusste. Deshalb frag ich jetzt, wo wir etwas Vertrauen aufgebaut haben, noch mal nach: »Was hast du denn nun damals Illegales gemacht, Boris? Warum machst du da son Geheimnis draus?« Boris sitzt neben mir, wir sind die Einzigen im Raum. Er beugt sich etwas zu mir rüber und flüstert:

»Also, ich gucke halt gerne Filme.«

Oh Mann, was kommt jetzt? »Ja und?«

»Also, ich hab die früher illegal aus dem Netz gesaugt.«

Ich verstehe nicht. »Und nu?«

»Das waren einige und illegal.«

Nee, oder? Das ist echt das große, illegale Geheimnis? Ich denke hier die gesamte Zeit an BND, Mossad und Agentenstorys und am Ende lädt der sich nur Filme ausm Netz runter?! Meint der das ernst?

Der große Tag rückt näher, wir gehen in die Öffentlichkeit. Es gibt nur noch eine Frage: Wie soll eigentlich unsere Internetadresse heißen? Philipp, der immer mal wieder dabei ist, schlägt vor, eine litauische Endung zu nehmen, dann hätten wir www.katapu.lt.

Ich finde den Vorschlag genial! Das fetzt ja total, schön kurz, man muss kurz stocken, versteht dann aber sofort. Wir lassen die Sache in einem erweiterten Kreis abstimmen, denn es gibt auch Gegner: Sophie und Tim wollen lieber akkurat (oder man könnte auch sagen: langweilig) bleiben und www.katapult-magazin.de nehmen, weil das andere Zeitungen und Magazine auch so machen. Was ist das denn fürn Wurstargument? Na ja, wir lassen also abstimmen, zehn Leute, die mehr oder weniger mit Katapult zu tun haben, kommen ins Büro und stimmen ab. Litauen verliert, denn es stimmen tatsächlich sechs Leute für die ordentliche Variante und nur vier für katapu.lt. Was für eine Schrottdemokratie!

Na gut, wir akzeptieren das Ergebnis, nehmen die langweilige Adresse. Abends sage ich Geheimagent Boris Bescheid, der die Seite ganz nüchtern online stellt. Los gehts! Wir sind live! Ich rechne schon mit Hunderttausenden Besuchern auf unserer Seite und direkt mit mehreren Tausend, wenn nicht gar Zehntausenden Facebook-Fans. Wir haben sechs Artikel online gestellt, die alle wahnsinnig geil sind. Die sechs Karten habe ich gemacht, von den Artikeln habe ich vier geschrieben, einer kommt von Sophie und einer von ihrem Freund. Auf einer Karte haben wir das Bruttoinlandsprodukt der deutschen Bundesländer mit anderen Staaten verglichen und dann die Bundesländer einfach umbenannt. In Mecklenburg-Vorpommern steht also groß Nordkorea drin (lustig), weil die beiden Länder wirtschaftlich ähnlich stark sind. Das ist so eine geile Karte, wir werden direkt am ersten Tag explodieren, da bin ich mir sicher!

Ich rase in die Redaktion. Vor unserer Bürotür steht ein Politikprofessor und erklärt einer Philosophieprofessorin: »Bei Knopfbatterien gibt's dicke, dünne und auch mittlere, wussten Sie das?« Das sind echte Experten, denke ich, so kann unser Katapult-Start nur durch die Decke gehen. Sophie und Tim sind schon da und unterhalten sich über Schweizer Militärrucksäcke. Es geht los! Wir überprüfen noch mal alle Funktionen der Seite und bemerken: Unser Shop ist scheiße, der funktioniert einfach nicht. Boris nimmt Katapult wieder offline. Wir brauchen sehr schnell Hilfe, aber keiner kennt sich damit aus. Den Shop hatte ich etwas nebenbei mit einem Selbstmachsystem erstellt: Magento. Da läuft gar nichts mit dem Programm. Okay, wir suchen im Netz nach Experten und finden auch welche. Angerufen, Auftrag erteilt. Die Leute legen ne Nachtschicht ein und reparieren den Shop. Wir können erst morgen starten. Am nächsten Tag das Gleiche. Der Shop ist jetzt besser, aber man kann immer noch nicht bezahlen. Andere Experten angerufen. Auftrag erteilt, sie wollen morgen fertig sein. Scheiße ey, den Katapult-Start verschieben ist nicht gut. Sowas macht man nicht. Aber uns gehen ja direkt alle Einnahmen verloren, wenn der Shop nicht läuft. Was wir da verkaufen? Keine Gegenstände, sondern unsere Karten. Wir sind uns sicher, dass andere Magazine, Zeitungen und Verlage diese genialen sechs Karten direkt kaufen und bei sich veröffentlichen wollen. Eine Karte kostet bei uns im Shop 350 Euro. Wahrscheinlich werden wir direkt überrannt. Am nächsten Tag läuft der Shop wirklich. Reparaturkosten insgesamt: 380 Euro. Konnten wir uns eigentlich nicht leisten, aber wenn wir nur eine Karte verkaufen, ist das Geld fast schon wieder drin. Also los, endlich online gehen, jetzt in echt!

Wir beginnen mit Facebook. Ich klicke auf »Seite veröffentlichen«. Die sechs Artikel hatten wir schon vorher im unveröffentlichten Modus eingebaut. Wir posten die nigelnagelneue Katapult-Seite in unseren privaten Konten. Jetzt gehts ab! Eben hatten wir erst drei »Fans«, also uns Redakteure selbst halt. Nach einer Minute sind es schon neun! Tim nimmt sein eigenes Like wieder weg und sagt: »Ahhh, jetzt sind es nur noch acht. Wir schrumpfen!«
»Was für Penner«, rufe ich.
»Nee, war nur Spaß, Benni, das war ich selber, hab mein eigenes Like weggenommen, hahaha!!«
»Nicht lustig! MACH SOFORT DEIN LIKE DA WIEDER HIN!«, sage ich.
Wir aktualisieren ständig den Browser, um die neuen Fanzahlen durchzugeben. Wow! Zwei Minuten: 21 Fans, jetzt explodiert es gleich, drei Minuten: 34 Fans, wuhuhuuuu, wir sind berühmt!, vier Minuten: 59 Fans, das ist ja wohl exponentiell?! »Jetzt kommt richtig Fahrt auf«, sagt Sophie, fünf Minuten: 67 Fans, und dann bei zehn Minuten kommt, womit keiner gerechnet hat, also wirklich keiner, das ist ja enorm!, wie konnte denn das auf einmal passieren??, nach zehn Minuten sind wir alle sprachlos und wissen nicht, wie wir jetzt darauf reagieren sollen, darauf ist echt keiner vorbereitet, auf so eine Situation, das hätte der beste Berater nicht vorhersehen können, einfach so nach zehn Minuten, ganz ohne

Vorwarnung, passiert das Heftigste überhaupt!!! Wir stagnieren.
Bei 104 Facebook-Fans. 20 Minuten später sind es 112. Wow. Das
ist wenig.

Okay, nächster Schritt. Wir haben Katapult-Postkarten und -Poster gedruckt und werden die jetzt in der ganzen Stadt verteilen und den Leuten in die Hand drücken. Das wird uns richtig nach oben fetzen! Wenn wir in drei Stunden zurück sind, haben wir über tausend Facebook-Fans, geht ja gar nicht anders. Wahrscheinlich sind es noch viel mehr! Also los! Erste Station: der Dönerladen in der Gützkower Straße. Wir fragen, ob wir unser Poster vor seine Kasse hängen dürfen. Der Verkäufer sagt: »Aber das hier ist ein Dönerladen.« Was ist denn mit dem los? Dönerladen hin oder her, der kann doch wohl mal Werbung für uns machen. Nach einer kleinen, freundlichen Auseinandersetzung, ob denn nun ein Dönerladen wirklich der beste Ort für solch ein Poster wäre oder nicht, und nachdem ich ihm mehrmals versichert habe, dass das Magazin auch Dönerthemen behandelt, dürfen wir unser Poster aufhängen. Top! Werde nie wieder woanders Döner essen!

Weiter gehts. Wir verteilen die Postkarten an Passanten. Das klappt ganz gut. In jeden Briefkasten, den wir sehen, stopfen wir eine Postkarte rein. Das macht Spaß. Das werden alles unsere neuen Leser! In der Mensa legen wir einige Hundert Postkarten auf die Tische. Das ist erlaubt. Danach essen wir selbst und beobachten andere Studenten, wie sie sich unsere Postkarten angucken. Jetzt ist alles klar, Katapult wird ganz groß! Als krönenden Abschluss haben wir eine Kunstaktion geplant. Wir hatten schon vor Tagen aus unseren Postern, von denen wir eine sehr optimistische Anzahl bestellt hatten, eine riesige Weltkarte gebastelt. Einfach ganz viele Plakate aneinandergelegt, Karte ausgeschnitten, fertig. Die Welt besteht aus mindestens hundertvierzig Din-A2-Postern und ist acht Meter lang und vier Meter hoch. Die Einzelteile bringen wir mit dem neuen alten Passat in die neue Mensa am Beitzplatz. Dort hat die Uni Greifswald einen schönen Zementklumpen hingesetzt. Überall Sichtbeton! Massiv! Alles schön grau! An der größten Wand der Eingangshalle, so dachten wir, installieren wir jetzt unser avantgardistisches Katapult-Kunstwerk. Dann kommt hier auch mal n bisschen Farbe in die Bude! Los gehts! Aber irgendwie dauert es länger als wir dachten, scheiße ey, hoffentlich fragt keiner, ob wir das eigentlich angemeldet haben. Was sollte das für ne lahme Kunstaktion sein, wenn man die anmeldet, sind wir Verwalter oder was? Und dann kommt natürlich direkt die erste Person, die das gar nicht so gut findet, dass wir den teuren Sichtbeton jetzt mit doppelseitigem Klebeband bekleben.

»Das geht nicht! Sie können da nichts rankleben«, sagt ein Typ mit tiefer, kräftiger Stimme.

»Das ist mit dem Asta abgesprochen«, improvisiere ich.

»Das geht nicht. Das macht den Sichtbeton kaputt«, erwidert der Mann mit Kochmütze.

»Der Kleber macht den Beton kaputt? Das ist ja mal ne steile These«, sag ich.

»Das geht echt nicht hier, der Sichtbeton ist sehr empfindlich, ich hole meinen Chef.«

Okay, wir müssen fertig sein, bevor der beknackte Typ seinen beknackten Chef geholt hat. Schaffen wir aber nicht. Der Kackchef

steht nach einer Minute unter meiner Leiter und sagt mit einer sehr hohen, besserwisserischen Stimme:

»Guten Tag, wer sind Sie, wenn ich fragen darf?«

»Katapult-Magazin.«

»Und was soll das hier werden, wenn ich fragen darf?«

»Die graue Wand etwas verschönern.«

»Da kann man nichts rankleben, das macht den Sichtbeton kaputt. Ich bin hier der Leiter, wenn ich das mal so sagen darf.«

»Ja«, sag ich, »und ich bin auf der Leiter, wenn ich das so sagen darf.«

Mein beschissener Witz kommt nicht so gut an. Jetzt wird er unfreundlich. Ich erkläre wieder, dass das mit dem Asta abgesprochen ist und er sagt, dass dieses Gebäude der Unimedizin gehört und überhaupt nichts mit dem Asta zu tun hat. Wir müssten das jetzt alles wieder abbauen und vielleicht sogar die Reparatur des kaputten Sichtbetons bezahlen. Reparatur? Nee, das gibts doch nicht. Wir haben hier schon voll lange dran gesessen und auch lange vorbereitet. Wir zahlen nichts und wir bauen auch nichts mehr ab. Ich frag ihn, ob er das schön findet, wenn das hier alles so grau ist und er antwortet, dass das hier eigentlich später mal ein Kunstausstellungsraum werden soll. Deshalb sei alles so schlicht gehalten. »Ja sehn Sie, da haben Sie Ihr erstes Kunstwerk, eigentlich sogar eine Kunst-Performance.«

»Haben Sie dafür auch ein Kunstkonzept?«, fragt der Typ ernsthaft. Okay, der kauft mir das ab. »Ja«, sag ich, »also das Konzept haben wir so indirekt schon geschrieben«, und denke an den blöden Geschäftsplan, der überhaupt nichts mit der Aktion hier zu tun hat.

»Gut«, sagt er. »Hier ist meine E-Mail-Adresse. Schicken Sie mir den heute noch zu und dann sehe ich, was ich machen kann.« Wow, der hat das echt gefressen! Hier stehen son paar Hampelmänner auf der Leiter, kleben eine öffentliche Wand voll und sagen auf Nachfrage, dass es ein Kunstprojekt ist, und der Typ findet das okay. Guter Mann! »Das ist jetzt Kunst«, rufe ich zu den anderen. Das Kunstgerät ist am Ende noch viel größer geworden, als wir dachten. Geil! Das sehen jetzt jeden Tag 10.000 Leute.

Auf der Rücktour überlegen wir, wie viele Facebook-Fans wir wohl jetzt schon haben. Über 500? Über 1.000? Wir sind fast am Büro angekommen und sehen von Weitem, dass der Dönermann unser Plakat wieder entfernt hat. Ich werde dort nie wieder einen Döner essen. Wir gehen ins Büro und schmeißen die PCs an. Facebook: 187 Fans. Scheiße, ist das wenig. Egal. Dann dauert es halt etwas länger. Ich setze mich die Nacht hin und schreibe das verlangte Kunstkonzept. Es ist schwer daneben, aber das muss auch so. Kunst, für die es ein Konzept gibt, kann nur große Scheiße sein, finde ich. Das ist ja grade das Gute an Kunst, sie muss nicht in ein Konzept passen. Das ist die große Freiheit daran! Am nächsten Tag liest Tim den Text gegen, er hat im Nebenfach Kunstgeschichte studiert und schüttelt nach jedem Satz mit dem Kopf. »So gut?«, frag ich. »Habs grad schon abgeschickt.« Zwanzig Minuten später antwortet der Mensa-Leiter-Typ mit der hohen Stimme, dass das wieder entfernt werden muss. Wir hätten 24 Stunden Zeit, ansonsten müssten wir sehr hohe Kosten übernehmen. Sebo, der neue im Team, ruft seinen Architektenvater an und fragt, wie das jetzt mit dem Sichtbeton sei. Antwort: Der ist richtig sensibel. Da darf nichts raufgeklebt werden! Wir haben den dann auch wirklich nicht so richtig sauber bekommen, weshalb wir direkt mit Verdünnung gearbeitet haben, was wohl, wie sich im Nachhinein rausgestellt hat, noch schlechter für den geilen Sichtbeton war, meinte Sebos Vater.

»Jetzt hab ichs!«, sagt Sebo. »Da lässt sich doch sicher was mit Jim Knopf und Lukas dem Lokomotivführer verbinden.« Wir suchen eine Artikelüberschrift. Alle sind noch geschafft von der Putzaktion, nur er dreht richtig auf. Sebo, der eigentlich Sebastian heißt, ist Jurist und unser neuer Redakteur. Juristen werden in ihrem Studium so sehr mit fieser Spießersprache gequält, dass sie, wenn sie Journalisten werden, gerne das Gegenteil ausprobieren. Superkompensation. Sebo hat eine harte Schwäche für schlimme Redewendungen und Metaphern. Das kann man ja mal machen, aber seine Dauergeilheit auf Wortspiele ist ne harte Zumutung, manchmal auch witzig, aber eben auch ne harte Zumutung. Wenn wir den einen Vorschlag grade so vom Tisch haben, ballert er direkt den nächsten raus: »Ich mache ihm ein Angebot, das er nicht abschlagen kann«, sagt Sebo. »Wisst ihr? Das sagt doch der Pate immer, das passt doch!« Er muss damit aufhören, das halten wir nicht mehr lange aus. Wenn man eine Sekunde nicht aufpasst, kommt Sebo direkt mit Hexe Baba Jaga, Urmel aus dem Eis und Rapunzel um die Ecke und wir stehen dann erst mal da wie die Nassen und diskutieren mit ihm, warum Flipper in diesem Fall nicht passt, obwohl wir ihm doch einfach direkt hätten sagen können, dass wir insgesamt keine Wortspiele machen. Aber das fällt

uns dann immer erst am Ende ein, wenn wir die lange Diskussion über Darth Vader und den Satz »Ich bin dein Vater« schon geführt haben, wenn die Nerven schon lange blank liegen, weil eigentlich keiner Bock hatte, über Willi von Biene Maja zu reden, wenn alle Pro- und Contra-Argumente über Peter Pan ausgetauscht wurden, wenn alles über Emil und die Detektive gesagt ist, wenn Sophie irgendwann ihre Brille auf den Tisch legt, sich die Augen reibt und sagt, »Ich kann nicht mehr«, weil wir Ewigkeiten über Bugs Bunny, Ronja Räubertochter und Pippi Langstrumpf gestritten haben – erst dann fällt uns auf, dass wir doch eigentlich hätten sagen können, du, Sebo, Wortspiele in Überschriften – das machen wir nicht.

KEIN AFD-BUMS MEHR

Wir sind jetzt also vier Vollzeit-Katapulte. Wir (ich) hatten beschlossen, von unseren 2.500 Euro Stipendium 900 an Katapult zurückzuzahlen, um einen weiteren Redakteur zu finanzieren: Sebo. Als Jurist die perfekte Ergänzung! Wir sind jetzt ein 1A-Team! Tim ist stark in Adobe Illustrator geworden und der Einzige, der wirklich weiß, wie die deutsche Sprache funktioniert. Das Beste an seiner Textkorrektur ist, dass er Probleme oder Fehler nicht nur markiert, sondern auch direkt Verbesserungen vorschlägt. Das kann nicht jeder. Sophie ist immer gut gelaunt, hat sich mittel in das Grafikprogramm eingearbeitet, hält Ordnung und macht ab und zu blau, was bei dieser kleinen Teamgröße unendlich peinlich ist. Sie könnte einfach ehrlich ansagen, dass sie ein verlängertes Wochenende machen will, wäre kein Problem. Aber sie macht blau – gestern schwere Grippe, heute wieder gesund. Das ist aber gar kein echtes Problem, es ist nur peinlich. Das wirkliche Problem ist ihr Freund. Der war lange Zeit in der SPD und wurde dann irgendwann von der AfD gekauft. Wir haben zwei Jahre in Greifswald gemeinsam studiert, gefeiert und zusammen einen Artikel für Katapult veröffentlicht. Wenn er Sophie aus der Redaktion abholt und Hallo sagt, gucken alle nach unten und sagen auch Hallo, aber nur pro forma. Die Mitarbeiter des Politikwissenschaft-Instituts fragen mich jetzt ab und zu, wie er zu dieser Partei kommen konnte. Die Frage kommt deshalb auf, weil die deutsche Politikwissenschaft mit dem Ziel gegründet wurde, es nie wieder zu etwas Ähnlichem wie dem »Dritten Reich« kommen zu lassen, und die AfD zumindest schon mal das negative Bild vom »Dritten Reich« revidieren will. Sophies Freund schreibt die Reden für Alexander Gauland und meint, dass dieser die peinlichen Aussagen (Boateng und so) immer einfach ohne Rücksprache hinten ranhängt. Der Freund schreibt aber nicht nur Reden, er ist auch dafür, dass Björn Höcke in der Partei bleibt. Wie geht das? Politikwissenschaft studieren und anschließend einen Politiker unterstützen, der die Reden von Goebbels nachahmt?

Sophies Freund wollte eigentlich mal ein Praktikum bei der Linken machen und hat am Ende ein Jobangebot von der AfD angenommen. Er fällt damit in die Kategorie des »Parteienhoppers«, ein Springer, der aber, anders als beim Schach, seine Farbe wechseln kann. Auch unangenehm, aber nicht ganz so oll, sind Politiker vom Typ »Parteiencamper«. Sie handeln andersrum. Spätestens mit zwölf treten sie einer Partei bei. Von da an lernen sie neue Parteipositionen auswendig und belästigen vorzugsweise mich oder Professor Buchstein damit. Davon kenne ich mindestens fünfzehn. Wenn sich ein Parteiencamper an die richtigen Leute klemmt, kann er erfolgreich sein. Die Karriere endet aber höchstens als parlamentarisches Stimmwerkzeug oder als Bundespräsident. Parteiencamper können wichtig sein, sie laufen so, wie sie geführt werden, und sehen kaum nach links und rechts. Innerhalb einer Partei sind sie wichtig, außerhalb ihrer Partei wirken sie oft unsympathisch.

Parteienhopper dagegen können von der Außenwelt als sympathisch wahrgenommen werden und zwar dann, wenn sie aus inhaltlichen Gründen hoppen. Oskar Lafontaine (obwohl er unsympathisch ist) könte so ein sympathischer Hopper sein. Negativ und auch etwas peinlich werden sie hingegen dann, wenn sie aus Karrieregründen die Partei wechseln. Im Fall von Sophies Freund trifft das zu: Zuerst kam der Job, danach die neue, faschistische Meinung.

Er war der Älteste unseres Masterjahrgangs, diente zuvor in Afghanistan und beschrieb, dass er nach dem Einsatz noch ein Jahr lang panische Anfälle bekam. Heute ist er für die Abschiebung von Afghanen. Was mich in diesem Zusammenhang schon lange beschäftigt, ist die Wandlungsfähigkeit eines Menschen. Rechte Cliquen gab es immer – gefährlich konnten sie aber nur dann werden, wenn sich ihnen wandelbare Mitläufer anschlossen. Bei Sophies Freund weiß ich nicht genau, ob er es überhaupt mitbekommen hat, dass er seine politischen Positionen und auch seine Sprache stark und in sehr kurzer Zeit an eine rechte Partei angepasst hat. Denn das Merkwürdige ist, der Typ kreuzt in unserer Redaktion immer einfach so auf, als wäre nichts gewesen, als würde er gar nicht für einen Naziverein arbeiten oder als hätten wir gar kein Problem damit. Er merkt gar nicht, dass er scheiße ist. Wir wollen keine AfD-Affen in unserer Katapult-Redaktion! Sophie sagt, der guckt sich den AfD-Laden nur mal an und zerstört ihn dann von innen und einige AfD-Leute seien ja auch nicht ganz so schlimm wie Höcke. Glaubt die das wirklich? Wir zweifeln langsam an Sophie. Als die AfD immer größer wird, frage ich Buchstein verzweifelt, was wir denn jetzt dagegen machen als Politologen, das ist doch unsere Aufgabe, dass sowas nicht passiert, dafür wurde unsere Wissenschaft doch

gegründet. Was machen wir nur? Seine Antwort: »Na weiter!«
Im Grunde ist es genau so. Wir können nur weitermachen. Alles
andere wäre fatal.

Die Situation ist schwer auszuhalten, auch deshalb, weil wir
gleichzeitig bereits die ersten ernsthaften Probleme mit Rechts-
extremen haben. Jemand von der Identitären Bewegung hatte
mich privat über Facebook kontaktiert und bedroht: Wenn ich so
weitermachen würde, dann könne er nicht sicherstellen, dass mir
nichts passiere. Was macht man in so einer Lage? Ich entscheide
mich, ihn in eine Diskussion zu verwickeln. Es bleibt aber uner-
giebig – und immer wieder die Drohung, wenn wir weiterhin gegen die AfD und insgesamt gegen Rechte »hetzen«, dann würde er
mich mal besuchen kommen wollen und dann könne er für nichts
garantieren. Ich frage, was er denn ganz genau vorhat, und er antwortet: »Netter Trick. So bescheuert bin ich nicht, dass ich das
hier aufschreibe.« Okay, denke ich, so bescheuert ist er also nicht,
aber immer noch so bescheuert, dass er auf seiner Facebook-Seite
mit Klarnamen auftritt und sich öffentlich als Mitglied der Identitären Bewegung zu erkennen gibt. Sein Denkfehler besteht darin,
dass er sich nur juristisch absichert, aber ich bin ja nun mal Journalist und was machen die? Klagen die? Selten. Was machen die
wirklich? Veröffentlichen! Und wer könnte mir bei der Sache am
meisten helfen? Die identitären Trottel selbst. Die wollen nämlich
nach außen als friedliche Aktivisten gesehen werden. Mal gucken,
was passiert.

Wir veröffentlichen einen kleinen Artikel über die akute Bedrohung unseres Chefredakteurs durch einen Identitären. Wir adressieren die »Identitären MV« im Anreißertext direkt und fragen, wolltet ihr nicht immer friedlich sein? Wir werden hier gerade von einem von euch bedroht. Was dann passiert, ist unfassbar peinlich. Der Typ meldet sich wieder bei mir. Diesmal aber nicht mehr drohend, sondern mit einer Bitte. Ich solle doch den Artikel über ihn wieder löschen. Das sei Rufmord, das könne ich nicht machen, er habe nichts falsch gemacht und es auch nicht so gemeint. Es hat funktioniert, seine eigenen Leute haben ihn ganz offensichtlich zurechtgewiesen. Das Skurrile an der Situation ist, dass er sich im ersten Gespräch so überlegen gab, nun aber übertrieben unterwürfig ist. Ich hatte eher damit gerechnet, dass er total durchdreht und mir noch stärker drohen würde. Ich lehne seinen Wunsch ab und erkläre, dass man Artikel bei uns nicht löscht, man könne höchstens berichtigen, aber an dem Artikel sei ja alles korrekt, was er aber machen könne, ist, einen Kommentar unter den Facebook-Post zu schreiben und seine Sicht der Dinge zu schildern. Er stimmt meinem Vorschlag (der wirklich kein guter war) zu und schreibt einen Tag nach der Veröffentlichung einen Kommentar. Was er offensichtlich nicht weiß: Wenn man bei Facebook so lange nach der Veröffentlichung eines Posts einen Kommentar schreibt, liest den natürlich fast keiner mehr. Dass er wirklich glaubt, er könne mir jetzt einfach (als wäre es eine Nebensächlichkeit) schreiben, dass es nicht so gemeint war und glaubt, dadurch schnell wieder aus der Nummer rauszukommen, erinnert mich an Hannah Arendts Schilderung des Eichmann-Prozesses. Sie beschrieb Eichmann als gewöhnlichen Menschen, der einfach nur stumpf Befehle ausgeführt hatte. In meinem geschilderten Fall ist die Gewaltandrohung ganz real und eindeutig. Die Erklärung, es nicht so gemeint zu haben, wirkt für mich ähnlich banal. Als bräuchte es keine Erklärung. »Da hab ich halt mal bisschen gedroht, habs aber nicht so gemeint. Kannst du das also bitte wieder löschen?« Genau das sind die hirnlosen Mitläufer, die totalitäre Regime erst ermöglichen.

Sebo hat Geburtstag, dicke Party in der Kapaunenstraße. Es kommen auch ein paar Freunde, die vor wenigen Monaten nach Deutschland geflüchtet sind. Sebo hat mal ehrenamtlich im Flüchtlingsheim geholfen und kennt deshalb viele Greifswalder, die in Afghanistan, Libanon und Syrien aufgewachsen sind. Womit wir nicht gerechnet haben, Sophie bringt natürlich ihren AfD-Freund mit, wieder so, als wäre nichts, als würde da kein Problem entstehen. Ronja hat mir verboten, nen ganz großen Aufstand zu machen, aber ich finde, das ist das Schlimmste, keiner sagt mal direkt an: »Verpiss dich hier von der Party! Wir hängen lieber mit Afghanen ab, die du abschieben lassen willst.« Aber wie gesagt, Ronja, Tim und Sebo wollen das nicht, weil wir Sophie dann ganz offiziell verstoßen würden. Kann ich verstehen, finde ich trotzdem nicht gut. Also bleibt die Party merkwürdig und es passiert was doppelt Merkwürdiges. Weil ja alle hinter Sophies Rücken über Sophie und ihren Nazifreund reden, wissen auch alle Bescheid – alle wissen, was hier abgeht, und deshalb gibt es eine schräge Dynamik auf der

Party: Egal wo sich die beiden hinsetzen, nach einer Minute bewegen sich alle anderen von Sophie und ihrem Freund weg, sodass sie dann alleine sind. Sie gehen in die Küche – sofort beginnen die ersten, die Küche zu verlassen, bis die beiden alleine in der Küche sind. Sie gehen zur Sitzecke im Wohnzimmer – das gleiche Spiel. Manchmal brauchen sie auch zwei Minuten, aber nach einer gewissen Zeit sitzen die beiden immer alleine da. Das ist doch mal ne charmante Art des Protests, da braucht es ja mich und meinen großen Aufstand gar nicht mehr – gefällt mir. Nach einer Stunde geben die beiden auf und hauen ab. Die Geburtstagsparty kann losgehen.

100.000 LIKES

Tim singt leise vor sich hin: »Löschi, Löschi, Löschi.« Ich komme ins Büro und frage, was los ist, und er sagt: »Festplatte voll, muss Dateien löschen.« Okay, wäre das auch geklärt.

Mein Vater ruft an: »Benni, wie macht n Dinosaurier, wenn er n Polizisten sieht?«
»Hahaha!, den kenn ich schon, Papa!«
»Der ist gut, ne?!«
»Total. Hahaha«

Tim fragt mich direkt, ob das mein Vater war, und ich weiß, was er eigentlich will, er will den Witz hören, aber Leute, die Löschi, Löschi, Löschi singen, haben die das echt verdient? Okay. Ich erzähle ihn und Tim lacht sich gut weg. So. Telefon klingelt. Sophie geht ran und erklärt dem Anrufer, dass wir hier »ehemalige Studenten« sind, die »versuchen, ein Magazin zu gründen.« Bidde was? Was sind wir? Das kann doch nicht sein, denke ich. SOPHIE! Was soll das denn? Sowas kann man doch nicht sagen! Wie hört sich das denn an?! Als wären wir einbeinige Studienabbrecher mit schlimmem Haarausfall, die jetzt noch mal versuchen, einen halben Häkelverein zu gründen, oder was? »Ehemalige Studenten.« Alter, ich werd nicht mehr. Und was soll eigentlich dieses »versuchen«. WIR GRÜNDEN! Wir versuchen das nicht, wir machen das! So werden wir nie erfolgreich. Was sind wir? Journalisten! Was machen wir? Das genialste Magazin, das seit Kriegsende gegründet wurde. So! Okay, Sophie legt auf und ich muss jetzt irgendwie formulieren, was ich eben alles gedacht habe. »Du, Sophie, ich glaube, so schaffen wir das nicht. Wir müssen schon etwas selbstbewusster sagen, was wir hier machen.« Sophie versteht nicht und fragt, was ich meine. »Ich denke, wir müssen schon sagen, dass wir Journalisten sind.« »Also ich bin aber bis vor Kurzem Politikstudentin gewesen, deshalb hab ich das gesagt, aber ich kann auch gerne was anderes sagen«, sagt Sophie. Okay, denke ich, sie kapiert das nicht, aber noch bevor ich zu einer weiteren Erklärung ansetze, sagt Sophie, »Ah doch, ja, ich weiß, was du meinst, das geht so nicht. Mache ich anders. Wir sind jetzt Journalisten.« Darin war Sophie gut, Kritik annehmen, schnell einlenken. Wichtig für einen Verlag.

Sebo kommt ins Büro und hat was ganz Dringendes auf dem Herzen. Also er wisse jetzt nicht so genau, soll er sich bei der Künstlersozialkasse anmelden und wenn ja, geht das überhaupt? Und für die Zeit, in der die da die Entscheidung fällen, soll er da schon mal bei anderen Versicherungen anfragen, oder ist das nicht so gut? Ich solle mal sagen, wie das alles funktioniert mit der Künstlersozialkasse. Sophie stimmt zu, also sie wisse auch nicht genau, müssen wir eigentlich jetzt unser Stipendium versteuern und wenn ja, nur die 1.600 Euro oder die gesamten 2.500, die wir ja aber gar nicht bekommen, weil wir ja davon noch Sebo finanzieren und dadurch, nun ja, also in Wirklichkeit viel weniger Einnahmen haben und das wär ja schon unfair, wie läuft das denn jetzt alles ab und ist das alles überhaupt erlaubt, also echt jetzt mal, ist das nicht verboten? So richtiggehend verboten?, fragen sie mich.

Tja. Was soll ich dazu sagen? Ich kann so nicht arbeiten, wer interessiert sich denn für so eine Gülle! Versicherungen? Steuern? Ist mir doch latte! Ich will hier Grafiken erstellen, Artikel schreiben, abfetzen bis der Arzt kommt, glaubt ihr echt, ich kümmer mich um sowas Langweiliges? Wer macht denn sowas, bevor er anfängt zu arbeiten? Da kann man ja nie zu was kommen, denke ich, muss es aber freundlicher formulieren, denn ich habe eine große Verachtung dafür, nicht einfach mal anzufangen, sondern am besten noch das erste halbe Jahr mit so einem Krempel zu verschleudern. Will ich nicht. Tim übrigens auch nicht. Er grinst und sagt: »Nee nee, ich meld mich da gar nicht erst, vielleicht denken die dann, ich studiere noch – haha.«

Ich hatte die Führungsrolle anfangs nicht umsonst abgelehnt. Alle sollten bei uns gleich sein und jetzt ist doch wohl ersichtlich, dass die Chefrolle auch gar nicht mein Ding ist, sonst hätte ich mich jetzt dafür einsetzen müssen, dass jeder die beste Versicherung bekommt und die coolsten Steuern zahlt – aber nicht mit mir! Wir sind alle gleich.

Wie siehts denn so mit der Arbeit aus? Unsere Artikel werden von etwa hundert Leuten pro Woche gelesen. Das ist ja gar nicht mal so gut! Das ist viel zu wenig. Wir bekommen auch immer nur so zehn bis dreißig Likes bei Facebook – das ist arm, vor allem für ein Medienunternehmen. Wenn wir eine Tischlerei betreiben würden und für unsere Posts bei Facebook nicht so viele Likes bekämen, wär das ja in Ordnung, aber als Magazin muss da mehr gehen. Viel mehr! Also drucken wir eine Minizeitung im A5-Format aus und verteilen sie in der Stadt. Das bringt ein paar Leser mehr, aber es macht uns auch nicht so richtig groß. Bleibt noch Werbung direkt auf Facebook. Man kann da auf ganz natürliche Weise groß werden, dann dauert es aber sehr lange. Man kann auf Facebook aber auch Anzeigen schalten, dann gehts schneller. Es gibt nur einen, der sich damit so richtig auskennt: Rampensau Jabbusch. Er erklärt mir alles: Kampagnen, Zielgruppeneinstellungen, Gebotsstrategie, Anzeigengruppen und dann noch das Wichtigste: Kosten pro Ergebnis. Das zeigt an, wie viel Geld man ausgibt, um einen neuen Fan zu bekommen. Jabbusch startet eine erste Kampagne für 25 Euro und wir bekommen direkt fünfzig neue Facebook-Fans. Ziemlich abstrakt, aber richtig geil! Die Kosten pro Ergebnis liegen also bei 50 Cent. Jabbusch meint, das sei ein guter Wert, was soll er auch sagen, er hat die Kampagne ja gemacht.

Okay, denke ich, meine Aufgabe besteht jetzt darin, diese Quote von 50 Cent pro Fan nach unten zu drücken. Ich muss Jabbusch schlagen! Das klappt dann auch ganz gut, weil ich in extremer Weise experimentiere. Ich lasse vierzig Kampagnen mit unterschiedlichen Anzeigenbildern, Anreißtexten und Zielgruppen gleichzeitig starten und schmeiße pro Tag die fünf schlechtesten wieder raus. Am Ende bleiben fünf Anzeigen, die einen neuen Fan für unter 20 Cent reinbringen. Sehr schön. Ich hab Jabbusch in der Tasche und unsere Seite wächst jetzt schnell auf mehrere Tausend Fans an. Nicht nur das, diese neuen Leser reagieren auch auf unsere Posts. Sie kommentieren, sie liken, sie teilen. Das ist wichtig für die Diskussion, aber auch für die Reichweite!

Dann aber mache ich einen Fehler. Für unsere englischsprachige Facebook-Seite bewerbe ich unsere Posts natürlich nicht nur in Großbritannien und den USA, sondern auch noch in Indien, weil da die Quoten am besten sind. Dort bekomme ich die besten Ergebnisse. Das ist Wahnsinn! Nur zwei Cent für einen neuen Fan. Manchmal schaffe ich sogar einen Cent. Nach ein paar Tagen merke ich, dass wir zwar in wenigen Tagen auf über 3.000 Fans gekommen sind, aber die Leute gar nicht auf unsere Karten reagieren. Ich werde skeptisch und gucke mir die Profile an. Schöne Scheiße, die Konten sind alle tot. Das sind keine echten Menschen, das sind Fakeprofile, wahrscheinlich von Klickfarmen betrieben. Das Schlimmste ist aber nicht mal, dass wir da jetzt Geld verprasst haben, sondern dass wir diese vielen toten Konten als »Fans« haben. Die versauen uns den Schnitt, denn Facebook verbreitet einen Post nur dann gut, wenn viele Personen darauf reagieren. Die neuen Fakefans kommentieren und liken aber nicht. Wir sind richtig am Arsch! Auch wenn noch neue, echte Menschen dazukommen, die sich für unsere Posts interessieren, der Schnitt wird durch die Indien-Aktion immer leiden. Ich lösche unsere englische Seite.

Bei unserer viel wichtigeren deutschen Seite ist das zum Glück nicht passiert. Wir finden sogar eine Funktion, die Jabbusch noch nicht kennt, sonst hätte er doch WOHL DAVON ERZÄHLT?! Wenn jemand einen Post likt, aber die Seite nicht, dann kann der Seitenbetreiber (also wir) diese Person dazu einladen, die ganze Seite zu liken. Wir probieren es aus und laden erst mal nur fünfzig Leute ein. Wow! Davon kommen echt zwanzig zu uns. Das bringts ja richtig und ist auch viel schöner als die reine Werbung, weil diese Leute vorher wirklich schon mit uns interagiert haben. Unsere Arbeit besteht jetzt also darin, besonders virale Karten zu posten, damit es viele Menschen gibt, die darauf reagieren, weil wir sie dadurch zu uns einladen können. Das macht Spaß und wir nennen dieses Einladen direkt »ernten«, weil es am Ende einer längeren Arbeit steht – Karte bauen, Artikel schreiben, gegenlesen, veröffentlichen – ernten! Irgendwann wird das anstrengend, weil wir

richtig fette Brecher mit großer Reichweite produzieren. Wie erntet man 8.000 Likes? Das dauert. Aber egal. Wir machen es – bis Boris uns sagt, dass er uns dafür auch ein kleines Skript schreiben kann. Dann macht der PC das alleine. Cool. Das Ding ist in zwei Stunden fertig, sieht echt abgefahrn aus! Das Programm von Boris ist so aufgebaut, dass wir die Ernteliste und das Skript gleichzeitig starten und der PC dann von selbst eine willkürliche Mausbewegung macht, damit es für Facebook menschlich aussieht. Das Letzte ist wichtig, denn Facebook verbietet solche Programme eigentlich und sperrt Seiten für Regelverstöße. Anschließend klickt das Skript auf »Einladen« – zack: automatisierte Ernte. Das macht der Computer den ganzen Tag, mit 100 Leuten, mit 500 Leuten und auch mit 20.000 Leuten – er lädt diese Leute alle ein, unsere Seite zu liken, und es funktioniert. Alles Wahnsinn. Das ganze Spiel geht aber nur so lange, bis man 100.000 Fans hat. Als wir diese Schranke später irgendwann überwinden, sind alle traurig, weil es auch immer Spaß gemacht hat, dieses Ernten. Aber ist vielleicht besser so. Wir »ernten« Leser? Perverse BWL-Scheiße. Das müssen wir für immer geheim halten. Wirklich niemand darf jemals davon erfahren.

MENSCHEN ALS MONITORE

Wir sind genervt. Durch die Exist-Förderung werden wir gezwungen, Teambuildingmaßnahmen (was für ein Wort!) mitzumachen. Sebo hat keinen Bock, Tim hat keinen Bock, ich hab keinen Bock, Sophie will mal gucken. Wir müssen dafür nach Berlin fahren und einen sogenannten Malamut-Test, der eigentlich Malamut Profiler heißt, machen. Da wird dann so eine Familienaufstellung entwickelt, bei der am Ende rauskommt, dass der Onkel die Cousine aber gar nicht gut behandelt. Nur halt für Firmen statt für Familien – total peinlich. Wir wollen das nicht! Sophie will mal gucken. Es geht los und wir haben alle schon zu Beginn keinen Bock drauf. Sophie will mal gucken. Wir müssen zunächst einzeln einen dreißigminütigen Test machen. Danach weiß man dann wohl, ob man ein echter Manager, ein Allrounder oder eine Creative Person ist. Haha. Es gibt als Ergebnis auch »Monitor« und ich hoffe, dass irgendjemand von uns Monitor bekommt, damit ich den dann immer Monitor nennen kann. Was kommt bei mir raus? Creative Person. Na toll. Sebo ist Networker mit Hang zum Innovator, Sophie ist Moderator, und Tim? Ich hör, wie er leise »Kacke« sagt. Jetzt kommts! Tim ist auch Moderator, aber mit Hang zum Monitor! Ha! Da isser, der Monitor. Danke.

Wir müssen uns jetzt wirklich auf so ein Feld stellen, wie bei der peinlichen Familienaufstellung. Die Fläche ist grade mal so zwei Quadratmeter groß und man muss da stehen, wo der »Coach« es einem sagt, aber man darf mit dem Kopf hingucken, wohin man will. Vorsicht jetzt, denn wenn einer nicht in die Mitte guckt, dann will er damit sagen, dass er sich ausgeschlossen fühlt oder kündigen will oder so. Macht aber keiner von uns. Alle gucken in die Mitte. Sophie und Tim stehen auf dem Koordinatensystem ziemlich in der Mitte, also nur etwas südlich der Mitte, was auch etwas für Allrounder spricht. Sie stehen ziemlich dicht beieinander. Sebo und ich sind ganz woanders, oben links, aber auch sehr dicht zusammen und ich sage aus Spaß: »Sebo, wat machst du denn hier bei mir?« Er antwortet ernst: »Ja, weiß auch nicht, dachte auch, dass ich eher bei Sophie und Tim stehe.« Der Coach interveniert: »Na, fühlt ihr euch auf die richtige Stelle gesetzt? Fühlt ihr das so? Ist das eure Vorstellung von Katapult? Fühlt ihr das?«, und auf einmal ist sie da, die große Emotionalität, weil Sebo direkt sagt: »Also ich würde gerne hier stehen, aber ich glaube, die anderen sehen mich eher in der Mitte«, worauf Sophie und ich dann sagen, dass wir ihn ganz gut da oben links gebrauchen können und uns sogar wünschen, dass er mehr dort arbeitet, weil er durch seine sympathische Art der totale Menschenfreund ist! Emotion extrem. Sebo ist total gerührt, weil er auf seiner Stelle stehen bleiben darf. Ich habe bis zum Anschlag Tränen in den Augen. Einen Picoliter mehr und ich weine, Sophie und Sebo sehen genauso verheult aus, worauf Sophie dann sagt, dass sie voll gerne auch mehr so Richtung Innovator gehen würde, weil wir dann alle den gleichen Abstand zueinander hätten. Hach, wie schön. Wir freuen uns darüber, weil wir uns das schon immer gewünscht haben. Wir halten die Tränen gerade so zurück. Und was ist mit Tim? Er ist zufrieden mit seinem bescheuerten Monitor und grinst. Wie immer.

Alle sind gerührt und Tim grinst. Wie geil ist denn bitte so eine peinliche Familienaufstellung!? Bin begeistert. Es gibt nur noch ein Problem, sagt der Coach. »Euer Gründer steht falsch!« Wie jetzt, warum stehe ich falsch, ich bin voll die Creative Person, kann ich beweisen! Der Coach meint, dass das mit vier Personen vielleicht noch grade so geht, aber wenn wir wachsen wollen, dann müsse der Geschäftsführer selbstverständlich zum »Manager« werden und nicht oben links stehen, sondern lediglich oben in der Mitte. Stopp, denke ich, ich bin doch kein Manager, hallo? Gehts noch? Ich flüster leise zu den anderen: »Ich bin kein Manager.« Sophie flüstert zurück: »Ich weiß. Du bist Creative Person.« Gut, dass wir das intern noch mal geklärt haben. Es sei ganz normal, dass ich jetzt noch da stehe, führt der Coach aus, der Gründer muss ja mal eine kreative Idee gehabt haben, um ein Unternehmen gründen zu können, aber danach muss er dann wandern und mehr organisieren und leiten. Wenn er das nicht macht, bleibt er eine kreative Einzelperson, ein Künstler wäre das dann. Scheiße, denke ich, das wars, wenn das stimmt, bin ich verloren. Ich will Katapult zum größten Magazin Deutschlands machen, aber doch nicht als Manager, sondern als kreatives, unangenehmes Journalistenschwein! Das muss doch möglich sein. Auf einmal fällt mir ein, dass es schon zu spät ist. Denn: Ganz am Anfang wollten wir ohne Chefredakteur arbeiten, weil ich da keinen Bock drauf hatte. Ergebnis: Es hat überhaupt nicht funktioniert. Gar nicht. Weshalb wir irgendwann dann entschieden haben, dass ich das doch mache mit dem Chef. Seitdem gefällt mir das nicht – aber es läuft viel besser. Die Wahrheit ist, der blöde Coach hat recht. Der Konflikt zwischen leiten und selbst kreativ arbeiten wird mich mein Katapult-Leben lang begleiten und ich werde immer versuchen, kreativ zu arbeiten, weil der andere Mist von ganz alleine kommt.

Bei der Gesamtauswertung bekommen wir ein durchwachsenes Ergebnis vom Coach. Wir seien voll gut oder so, aber was richtig falsch ist, ist, dass wir nicht fokussieren, dass wir kein Magazin, sondern eigentlich ein Medienkonzern werden wollen und das ginge ja nun mal nicht. Sowas könne man ja unmöglich gründen. Man müsse erst mal ein einzelnes Projekt starten und nicht sofort sieben Projekte. Magazin, viele übersetzte Sprachen (am Anfang hatte ich 30 Sprachen geplant), soziales Medium, Lehrerportal, Videoproduktion, Spieleproduktion, Posterverkauf, Literaturcafé – das war dem Typen zu viel. Na ja. Was soll ich dazu noch groß sagen? Vielleicht nur diese drei Worte: Waschlappen!

SEBO UND SOPHIE SPRINGEN AB

Die Exist-Förderung läuft bald aus und wir verdienen echt wenig Geld. Etwa 100 Euro pro Monat. Geteilt durch vier wären das für jeden von uns 25 Euro. Das reicht wohl nicht ganz. Wir beantragen die Anschlussförderung von Exist und brauchen dafür zwei Wochen, das nervt total. Aber es könnte sich lohnen, denn wer Exist bekommt, soll zu 95 Prozent auch die Folgeförderung bekommen, hatte 3.000-Euro-Johnny damals gesagt. Wir gehören aber wohl zu den restlichen fünf Prozent, denn unser Antrag wird vom Land MV abgelehnt. Sie erkennen die »technologische Innovation« nicht. Das ist richtig schlecht. Wir haben ja noch keine großen Einnahmen und können alleine noch nicht überleben. Was bleibt uns anderes übrig, wir müssen jetzt innerhalb von sechs Wochen aus unseren 100 Euro ein paar Tausend Euro pro Monat machen, dann können wir überleben. Und ich habe auch schon eine Idee, wie das klappen kann!

Aber vorher springen erst mal Sophie und Sebo ab. Sophie will gerne zu ihrem Nazifreund nach Potsdam ziehen. Das erleichtert mich sehr. Wir sind diese ätzende AfD-Geschichte endlich los und tatsächlich ist Sophie keine echte Journalistin geworden – wichtig war sie trotzdem, aber in diesem Moment ist es für alle eine gute Entscheidung. Sebo möchte gerne sein zweites Staatsexamen in Leipzig machen. Er hatte vorher schon angekündigt, dass er das irgendwann durchziehn müsse. Bleiben noch Tim und ich. Das hört sich vielleicht etwas traurig an, aber das ist es nur halb. Denn: So richtig gut eingespielt sind eigentlich nur wir zwei. Ich produziere viel, aber nicht perfekt, und Tim ist der beste Schleifer der Welt. Er ist hart, als Lektor eine richtige Nazisau, aber er weiß, wie er aus mittelmäßigen Artikeln richtig gute Dinger drechselt. Ich stelle ihm einen groben Holzklotz hin und er bastelt da ein schönes Gesicht rein. (Andersrum ginge es übrigens nicht, Tim könnte den Holzklotz nicht hinstellen und ich könnte das schöne Gesicht nicht basteln.) Und, wir beide haben uns so richtig in Adobe Illustrator eingearbeitet. Wir sind also wie Dick und Doof. Tim ist dick und doof und ich finde es lustig. Es war eine Art Bereinigung, dass die anderen beiden gegangen sind. Auch wenn Sebo einige Stärken hatte, die wir noch hätten gebrauchen können, ist es jetzt ganz angenehm, nur für zwei Gehälter Geld sammeln zu müssen. Unseren fünf freien Mitarbeitern sagen wir, dass wir derzeit kein Geld mehr haben und deshalb keine Aufträge mehr vergeben. Es bleiben also wirklich nur noch Tim und ich. Los gehts! Oder doch nicht: Das Finanzamt meldet sich und meint, wir hätten ja noch gar keine Steuererklärung für Katapult abgegeben. Nanu, das stimmt natürlich, aber können wir damit nicht erst mal warten? Wir müssen erst mal Karten machen. Das Finanzamt macht aber keine Späße, die wollen das alles jetzt haben. Da hilft nur eine. Meine Mutter. Die ist ausgebildete Buchhalterin und hat früher schon immer allen kleinen Unternehmen in Vorpommern geholfen, denen sonst keiner geholfen hat. Sie legt sofort los, wünscht sich mehr Ordnung in unserem Rechnungssystem, das eigentlich nur aus einem Schuhkarton in einem Papierkorb besteht, was eigentlich auch direkt das Problem ist, und schickt tausend Sachen zum Finanzamt. Macht sie alles kostenlos, weil wir kein Geld haben. Genial. Die Oschis vom Finanzamt geben daraufhin Ruhe. Ohne meine Mutter wären wir pleite gewesen.

TIM UND BENNI UND DIE DRUCKMASCHINE

Zurück zu meiner Idee, wie wir mehr Geld machen werden: Sie ist ganz einfach. Katapult muss gedruckt werden. Das ist alles. Drucken und verkaufen, fertig. Warum nicht? Weil der Druckmarkt am Ende ist? Scheiß drauf! Weil wir nicht wissen, wie man druckt? Scheiß drauf! Weil wir nicht wissen, wie man eine Druckdatei erstellt? Scheiß drauf! Weil wir keinen Vertrieb kennen, der das in die Kioske bringt? Scheiß drauf! Weil wir gar keine Erfahrung damit haben? Fickt euch! Wir machen das jetzt. Ich wollte es von Anfang an und habe das eine Jahr nur damit gewartet, weil es laut Exist-Förderung verboten war, weil es ja überhaupt nicht innovativ ist. Na gut, fangen wir an. Ich rufe beim Deutschen Pressevertrieb an, ob die uns nicht an alle deutschsprachigen Kioske liefern können. Die antworten dann auch direkt: Ja, kein Problem, allerdings wollen sie erst mal nur im Bahnhofsbuchhandel beginnen. Meinetwegen. Hier ist der Vertrag, hab ich unterschrieben, fertig. Die Händler bekommen etwa die Hälfte vom Umsatz und der Pressevertrieb etwa 1.500 Euro für jede Auslieferung. Na das ging ja schon mal leicht. Die Details sind zwar undurchschaubar, aber damit kann ich mich jetzt nicht beschäftigen. Hab den Vertrag nur bis zur Hälfte gelesen. Keine Zeit.

Punkt zwei: der Drucker. Wir haben keine Ahnung, wer eigentlich Magazine drucken kann. Der Copyshop? Ist der zu klein dafür? Wahrscheinlich. Tim und ich gehen zu Hugendubel und gucken einfach mal ins Impressum anderer Magazine. Ah ja, steht ja alles offen da. Von Neef+Stumme über Westermann Druck, Möller Druck und Axel Springer (niemals!) bis Mohn Media – alles dabei. Das Schlüsselwort lautet wohl »Rollenoffsetdrucker«. Damit kann man größere Mengen drucken und sowas brauchen wir dann wohl. Ich lasse sieben Angebote für eine Auflage von 10.000 Magazinen machen, aber die Drucker beschweren sich freundlich, ich hätte ja gar nicht alle Angaben rübergeschickt. Welches Papier denn? Wie viele Farben denn? Sie sind alle sehr freundlich und wollen den Auftrag unbedingt haben. Ich hab natürlich überhaupt keine Ahnung, welches Papier und welche Farben, also sag ich einfach, »So wie beim Cicero. Berechnet das mal nach deren Format und Material«, was die Drucker dann auch netterweise machen. Die Angebote reichen von 8.400 bis 12.000 Euro. Ich bin kurz davor, der günstigsten Druckerei zuzusagen, dann aber ruft Möller Druck aus Berlin bei mir an. Am Telefon eine sympathische Frau: »Juuden Tach, Herr Fredrich, dürft ich ma janz freundlich fragn, wie dit mit unserm Anjebot is? Dit is ja jetze schon wat her, wa? Ham Se sich entschiedn?«

Ich antworte auf Norddeutsch: »Ich hab hier 15 Angebode zu liegn, dat sind viele, und Sie sind so im gudn Middelfeld.«

Frau Schulze fragt überrascht, ob ich auch Berliner wär, was mich einigermaßen empört: »Dat is Norddeutsch!« Dat hört man ja wohl.

»Ach«, sagt Frau Schulze, »dit is ja fast dit Gleeche, aber schön, wat müssn we denn nu machn, dit wir ma schön uff Platz eins komm?«

»Dit ... äh ... dat is ganz simpel«, sage ich wieder auf Norddeutsch! »7.400 Lappen und Sie haben den Auftrag.«

Vielleicht habe ich zu hoch gepokert, aber Frau Schulze sagt trotzdem, sie guckt, was sich machen lässt. Da bin ich jetzt aber gespannt, ob ich mich verzockt habe. Aber meine Spannung bekommt gar nicht so viel Zeit, um sich richtig zu entfalten, weil Frau Schulze bereits nach zwei Stunden per Mail vermeldet: Sie hätten jetzt noch mal alles nachgerechnet und die 7.400 Euro gingen klar. Ich solle das Angebot doch bitte bestätigen.

Mein Vater ruft an: »Benni, kennst du den schon?«
»Papa, ich kann grad nicht. Bin im Büro.«
»Sagt die eine zur anderen, ›Du sag mal, behandelst du dein eines Kind nicht etwas unfair?‹ Antwortet die andere: ›Welches meinst du, Saskia, Torben oder den Fetten?‹«
»Hahaha – Papa ich kann grad nicht. Hahaha.«
»Wollte auch nur sagen, dass eure Tische fertig sind, bring ich gleich rum.«
»Jahahaha. Bis gleich!«

Vertrieb und Druckerei haben wir nun schon mal. Fehlt eigentlich nur noch unsere Druckdatei. Wie erstellt man sowas? Wir haben keine Ahnung, aber dafür noch vier Wochen Zeit. Das muss reichen. Tim meint, er kennt voll den coolen Typen. Er heißt David Focka, aber Tim spricht immer von El Focko. Ich weiß nicht, warum er ihn so nennt, aber ich finde es besser so. Hat mehr Klang. El Focko kommt dann mal einen Abend zu uns ins Büro und zeigt uns ein paar Funktionen von InDesign. Wir merken, der Quatsch ist ja total einfach! Tim hat richtig Bock drauf und saugt alles auf, was Focko sagt. Ne Schriftart braucht ihr auch noch, merkt er direkt noch an, und ich denke, nee, nicht das schon wieder! Nicht wieder unendlich lange nach beschissenen Schriftarten suchen. »Kannst du uns nicht einfach nen Tipp für ne tolle Schriftart geben?«, hau ich El Foggo an. »Ja klar«, sagt er, »ich finde ja die Oswald sehr schön.« Oswald, denke ich, das hört sich ja geil an. So könnte auch ein Magazin heißen. Oswald. Haha. Tim und ich sind sofort dafür. Oswald passt. Für den Text schwanken wir noch zwischen Gandhi und Crimson. Wir verschieben die Entscheidung auf morgen. Eigentlich sind die beiden Schriftarten ähnlich, deshalb ist mir die Sache schon wieder egal geworden, aber Oswald darf nicht mehr geändert werden. Das ist die beste Schriftart der Welt!

Tim beginnt jetzt also mit dem Layout. Er baut ein paar alte Artikel ein und ich schreibe noch ein paar neue. Am Ende kommt sogar noch Buchstein um die Ecke und will auch einen Artikel drin haben. Wie geil ist das denn? Er ist ja mittlerweile der Betreuer für meine Doktorarbeit, für die ich gar keine Zeit habe, aber eines ist klar, nur deshalb werde ich ihn nicht freundlicher redigieren. Katapult geht vor. Er bekommt die gleiche harte Behandlung wie alle anderen auch. Dann kommt sein Text. Es geht um politische Theorie und Flucht. Der Typ kann gut schreiben, das wusste ich vorher, aber irgendwie stimmt was nicht. Es sind sieben Seiten, aber ganze zwei Seiten sind meiner Meinung nach eine inhaltliche Dopplung. Eine inhaltliche Dopplung ist das also, ist mir vor Kurzem auch schon mal passiert. Ich muss ihm jetzt zwei der sieben Seiten löschen. Mal gucken, wie er reagiert, das kann ja lustig werden. Ich schicke ihm den korrigierten Text zurück und er antwortet nur: »Kein Problem, machen wir so!« Wie ist der denn drauf? Ich erwarte hier den großen Aufstand, was mir einfallen würde, seinen tollen Artikel so hart zu redigieren, und dann sagt er einfach »Ja klar«? Lässig.

Tim hat das Layout fast fertig und wir sind superstolz, haben ein tolles Cover gefunden und schicken alles zum Gegenlesen an Ronja und Philipp. Ronja ruft mich an und meint, unsere Deutschlandkarte auf dem Cover sieht »irgendwie mopsig« aus. »IRGENDWIE MOPSIG???« Was soll das denn fürn Scheiß sein, Ronja! Was ist das für ne herablassende Aussage. Wie sieht dann erst Frankreich aus? Wie ne fette Sau? Oder Polen? Wie n dickes Ei? Russland frag ich gar nicht erst. Mannometer! »Nee«, meint Ronja, »ich mein, ist Deutschland wirklich so breit?« Mein Gott, was hat sie denn nun mit Deutschland, ey? Deutschland sieht immer gleich aus – wie Deutschland eben, aber gut, dann mach ich mir halt noch mal die Mühe und lade mir eine Vektordatei von Deutschland, lege sie über unser Cover und: Unsere Deutschlandkarte ist wirklich mopsig. Hoppla! Da muss wohl irgendjemand die Größe verändert haben, ohne Shift zu drücken. Dann passiert sowas nämlich. Mensch Ronja ey, vielen Dank! Das hättest du aber auch mal sagen können, dann hätte ich das viel schneller geklärt.

HEIL HITLER

Kurz bevor Sebo weggegangen ist, hatte er noch einen Anzeigenplatz fürs erste Heft verkauft. Das war toll, weil wir dadurch etwas mehr Knete hatten. Die Anzeigenkäufer (Datapine, ein Datenvisualisierungstool) sagen uns nun aber zwei Tage vor Abgabe der Druckdatei wieder ab. Das ist natürlich eine Katastrophe, nicht nur finanziell, sondern auch layouterisch. Eine Doppelseite ist jetzt wieder frei, für die wir keinen Inhalt haben. Mal überlegen, wer diesen Anzeigenplatz jetzt noch füllen könnte. Wer würde so locker sein, dass er innerhalb von ein paar Stunden eine Anzeige bei uns kauft, einem noch unbekannten Magazin? Mir fallen nur zwei Zeitungen ein: Titanic und Eulenspiegel – beides Satirezeitschriften. Die sind krank, das muss klappen! Ich rufe bei einem der beiden Magazine an. Es klingelt. Jemand geht ans Telefon und sagt: »Heil Hitler! Was kann ich für Sie tun?« Ich erkläre, dass wir für ein ganz neues, tolles Magazin noch eine doppelseitige Anzeige frei haben und ich die gerne eintauschen würde und zwar gegen einen Anzeigenplatz in seinem Heft. Anzeige gegen Anzeige, ein Anzeigentausch sozusagen. Die Person fragt: »Ja okay, aber ist Ihr Magazin denn überhaupt rechtsradikal?« Ich sage »ja« und hoffe, dass es die richtige Antwort ist. Die Person sagt: »Na dann immer doch! Sieg Heil und auf Wiedersehen.« Perfekt, denke ich und sage auch »Sieg … ähh … auf Wiedersehen!« Ich wusste, dass die Typen von der Titanic schwer in Ordnung sind. Sie schicken uns innerhalb von zwei Stunden ihre Anzeige und wir haben die zwei Seiten gefüllt. Wir bekommen zwar kein Geld, dürfen aber stattdessen bei denen im Heft für unser rechtsradikales Magazin Katapult werben und die haben ja viel mehr Leser als wir. Genial!

Tim layoutet die 96 Innenseiten und ich den Umschlag. Der besteht aus vier Seiten und einem Heftrücken. Dieser Rücken macht mich total wahnsinnig. Beim Layouten denke ich, das wird doch später niemals an der richtigen Stelle sein. Ich habe hier eine Zeichenfläche von 42,4 Zentimetern in der Breite und soll in der Mitte einen Vier-Millimeter-Streifen anlegen, wirklich nur vier Millimeter, der dann genau auf den Magazinrücken geklebt werden soll. Das ist dermaßen friemelig, dass es unmöglich hinhauen wird. Der Rücken, der Rücken, denke ich, das wird unser größtes Problem! Ich rufe siebenmal bei Möller Druck in Ahrensfelde an und frage, ob das überhaupt klappen kann. Wird der Rücken wirklich auch auf dem Rücken sein? Das Schlimme ist, dass die da alle ganz gelassen sind: »Dit ist keen Problem, Herr Fredrich«, sagt Frau Schulze, »dit ham wa schon tausendmal jemacht. Dit bekomm wa schon hin.« Na gut, die wird das schon wissen. Wir geben die Druckdatei ab, sind komplett im Arsch, gehen übermüdet in die Suppenbar und essen einen Burrito.

Nun sitzen wir da und haben unser erstes Magazin in den Druck gegeben – ganz alleine. Was für ein Gefühl! Das schönste überhaupt! Dann ruft Möller Druck wieder an: »Herr Fredrich, ick noch ma, wir ham da doch noch n kleenes Problemchen.« Och nee, was denn nun? »Uff ihre Abokarte is ja jar keen Posthörnchen dabei! Ohne Posthorn verschickt die Post ditte nich. Wat solln we denn da machen jetze?« Mist, das ist mies! Wir hatten von einer anderen, günstigeren Druckerei Postkarten drucken lassen, mit denen Leser portofrei ein Abo bestellen können. Möller Druck sollte dann die Postkarten ins Heft kleben und nun haben wir wohl das Posthörnchen vergessen, das man bei dieser sogenannten Werbeantwortkarte draufdrucken muss. Okay, da kann man nichts machen. Die Postkarte muss neu gedruckt werden. Möller Druck übernimmt aus Zeitmangel den Auftrag und wir verlieren 650 Euro. Tut weh.

Eine Woche später fahren Tim, Ella und ich mit dem alten Passat nach Berlin-Ahrensfelde in die Druckerei und sind ganz aufgeregt. Ella war schon im letzten Jahr als Freie bei uns und wird unsere neue feste Redakteurin. Sie hat Jura studiert, total Bock auf Journalismus und einen Vater, der auch mal ein Magazin (»Wolkenkratzer«) gegründet hat. Wie wird wohl die Druckmaschine in Ahrensfelde aussehen? Ist der Rücken wirklich auf dem Rücken? Verstehen die uns auch, wenn wir Hochdeutsch reden? Wir werden von Frau Schulze empfangen. Sie mag gute Witze, kein Fleisch und hohe Schuhe. Coole Type! Auf einem Display am Empfang steht: »Herzlich willkommen Benjamin Fredrich, Ella Daum und Tim Ehlers!« Die sind ja nett. Das macht voll was her, aber eigentlich will ich einfach nur die Druckmaschine sehen. Erst mal Enttäuschung: Wir kommen in einen Warte- oder Seminarraum oder sowas, in dem dann aber zum Glück sehr viele Kekse liegen. Wir essen alle auf und warten auf Frau Schulze. Als sie kommt, erzählt sie auf Berlinerisch, wie es der

Druckerei so geht (gut), warum unser Druckauftrag ganz interessant ist (kommt regelmäßig) und warum sie nicht in die Ahrensfelder Kantine geht (zu viel Fleisch). Dann gehts endlich los. Wir hoppeln aufgeregt vom ersten Ober- zurück ins Erdgeschoss. Da stehen die Drucker! Jetzt endlich sehen wir, wie und womit das allererste Katapult-Magazin gedruckt wird.

Die Tür zur Produktionshalle geht auf und alles ist anders. Die Luft ist trocken wie nichts, die Druckmaschinen hören sich an wie Flugzeugturbinen, weshalb die Mitarbeiter fette Ohrenschützer tragen, und wenn zwei große Tore gleichzeitig geöffnet sind, zieht es wie Tomatensuppe durch die Halle – da stehe ich nun und denke, das ist eine richtige Fabrik mit allem Drum und Dran – genial! Frau Schulze führt uns zur Bogendruckmaschine, die etwa so groß ist wie ein Lkw. Sie hat grade damit begonnen, unser Cover zu drucken. So eine Maschine wird von zwei bis drei Arbeitern betreut. Einer davon ist immer der Maschinenführer und genau der kommt jetzt zu uns, legt seine übergroßen Ohrenschützer auf die Schultern und ruft ohne die Hand zu geben: »Tach! Na du! Katapult?« »Ja«, antworten wir, nachdem wir auch »Tach« gesagt hatten, bis wir dann bemerken, dass er eigentlich Frau Schulze angesprochen hatte. Jetzt gibt er uns die Hand, begrüßt uns schreiend mit »Juten Tach. Die Maschine wurde jerade einjestellt.« Er brüllt zu uns rüber, obwohl wir direkt neben ihm stehen. »Sind die Farben so jenehm? Hab noch n bisschen Majenta hochjedreht. Wenn Se freijeben wolln, bitte hier uffm Druckbojen untaschreibn.« Frau Schulze merkt, dass wir keine Ahnung von Farben haben, und erklärt, dass man an dieser Stelle die Farben noch etwas anpassen könnte, die Maschinenführer dafür aber einen sehr guten Blick haben und man schon ein echter Experte sein müsste, um das jetzt noch verändern zu wollen. Das Cover sieht eigentlich so aus wie auf dem PC, also unterschreibe ich einfach. Wir danken dem Maschinenführer und gehen in die nächste Halle.

Da steht sie dann, die Riesenmaschine: ein Rollenoffsetdrucker – so groß wie drei Einfamilienhäuser. Die Farbe wird auf solchen Monstergeräten nicht mehr auf einzelne Bögen gedruckt, sondern auf eine endlos lange Papierstraße. Es gibt scheinbar keinen Anfang und kein Ende. Das Papier wickelt sich von einer Art überdimensionierter Klopapierrolle ab. Wenn so eine tonnenschwere Spule verbraucht ist, wird direkt die nächste ans Ende der alten geklebt, ohne Stopp, in einer Affengeschwindigkeit! Vier Farben (Blau, Rot, Gelb, Schwarz) werden hier nun nacheinander über Walzen auf die Papierstraße gedrückt, danach schießt das Papier durch die Luft, wird getrocknet und kommt letztendlich geschnitten und gefaltet irgendwo aus der Maschine wieder raus. Für unsere 10.000 Magazine braucht das Höllenteil nur eine Stunde. In diesem Moment wird mir klar: Ich will auch so eine! Deshalb frage ich direkt mal nach, wie teuer die ist. Antwort: zwanzig Millionen Euro. Frau Schulze denkt jetzt zwar, dass sie mich mit dem Preis einigermaßen abgeschreckt hat. Stimmt aber nicht. In ein paar Jahren hat Katapult so ein Gerät, das steht fest! Jetzt würden die Druckbögen noch auf ihr Maß geschnitten, sagt Frau Schulze weiter, als sie merkt, dass ich abschweife, und dann mit den anderen beiden Druckbögen und dem Umschlag von der Bogenmaschine vereint und verklebt. Auch die Schneide- und Klebemaschinen werden immer von drei Leuten, die manchmal komische Nazi-T-Shirts tragen, betreut – auch hier immer zwei Helfer und ein Maschinenführer, der sich mit der Technik auskennt.

Wir klauen uns ein paar Druckbögen aus der Maschine und gehen wieder hoch. Oben blättern wir andächtig durch die ersten 32 Innenseiten der allerersten Katapult-Ausgabe. Wow! Voll schick! Auf einmal sagt Tim: »Ach du Scheiße!«
»Was ist los?«
»Dein Name ist falsch. Da steht ›Fredich‹.«
Oh Gott. Tim hat recht und Angst, weil er das gelayoutet und auch meinen Namen da hingeschrieben hat. Er denkt, dass ich jetzt durchdrehe, und grinst schon ganz nervös. Mir wird kurz komisch, keine drei Sekunden, ich gucke nach, sehe meinen falschen Nachnamen unter dem Editorial und sage sehr ernst zu Tim und auch etwas zu Frau Schulze: »Das können wir jetzt nur noch lustig finden, oder?« Denn neu machen is nich. Ich rede mir ein, dass es ganz lustig ist, und Tim entschuldigt sich 56-mal. Frau Schulze bietet uns an, die Maschine anzuhalten, aber dann würde der Zeitplan verschoben werden müssen und es würde teuer. »Nee, nee«, sage ich, »da stehe ich jetzt drüber ... oder drunter!« Scheiß auf den Namen, die Leute wissen doch noch gar nicht, wie ich richtig heiße, also erkennen die den Fehler auch nicht. Tim entschuldigt sich noch 34-mal und ich mache darüber Witze, dass er das sowieso mit Absicht gemacht hat.

Auf dem Weg zum Auto entdecken wir noch mehr Fehler und ich hasse El Focko, weil er einfach recht hatte, als er sagte, dass es nicht möglich sei, ein fehlerfreies Magazin zu produzieren, und ich da direkt widersprach. Was ist denn noch falsch? Auf dem Cover steht beispielsweise schon mal gleich »Herscher« statt »Herrscher«. Das Beste aber ist, dass wir auf Seite 36/37 ein doppelseitiges Balken-diagramm gedruckt haben. Es ist übertrieben groß und oben auf den Balken stehen schöne Prozentangaben. Sie sind so fett, das muss etwas sehr Wichtiges sein! Nachteil: Wir haben die Über-schrift vergessen. Niemand, absolut niemand, auch keiner von uns, weiß mehr, was dieses Balkendiagramm überhaupt aussagen soll. Wir entscheiden, nach all dem Heckmeck in die von Frau Schul-ze nicht empfohlene Ahrensfelder Kantine zu gehen. Und dann kommt es wie angekündigt: ein Kilo falscher Hase pro Person. Ella und ich stochern im Beilagensalat, nur Tim ist zufrieden und isst unsere Reste.

Eine Woche später holen wir die fertigen Magazine aus Berlin und es ist erstaunlich und langweilig zugleich. Das ist jetzt echt unser Magazin oder was?! Hart. Haben wir einfach gemacht. Wir fahren mit einigen Exemplaren direkt weiter zur Leipziger Buchmesse und blättern auf der Autofahrt durchs Heft. Wir sind euphorisch, aber was macht das Ding denn nur so langweilig? Die haben es ein-fach so gedruckt, wie wir es abgegeben haben. Beim Durchblättern entstehen überhaupt keine Überraschungen. DAS KENN ICH JA ALLES SCHON!, denke ich, aber wie doof wäre es, wenn es anders wäre. Komisches Gefühl.

Was ändert sich noch, wenn man ein Magazin druckt? Ein Großteil meiner Familie dachte lange, dass ich da mit diesem Katapult so einen Blog mache, der sowieso nicht »rentabel« werden würde. Aber seitdem Katapult gedruckt wird, ist alles anders. »Wie?«, fragt meine Tante. »Dat liegt jetzt auch im Rostocker Bahnhof? Wie kommt dat denn da hin?« Der Druck des Magazins hat uns nicht nur finanziell geholfen, es hat uns auch Glaubwürdigkeit gegeben, obwohl wir journalistisch nichts geändert haben. »Ich habe Katapult am Frankfurter Flughafen gefunden. Wie kommt das denn dorthin, Benni?«, fragt mein Onkel. Und sogar meine Oma, die immer sehr skeptisch mit meinen Editorialen ist, weil sie viel zu flapsig geschrieben sind, weil ich viel zu viele Schimpfwörter benutze, weil ich viel zu viele Leute angreife, weil ich zu viel Privates erzähle – selbst meine Oma findet langsam Gefallen am Magazin. Auch ihre Freunde Detlev von Stürmer und Holger Hass würden Katapult enorm gut finden und das muss man erst mal schaffen, denn wenn Detlev das sagt, und der hat wirklich Ahnung, dann muss da was dran sein und wenn dann dazu auch noch Holger kommt, der sowieso die Sachen immer früh erkennt, dann könne auch sie, meine Oma, die Sache nicht mehr ganz so hart kritisieren, dann müsse da wohl irgendwas dran sein. Sowas kommt eigentlich auf jeder Familienfeier und fast jedes Mal wird die Situation dann aber auch unterbrochen, und zwar von meinem Onkel, der seinem Bruder, also meinem Vater, kurz vorm Essen unbedingt noch ein lustiges Video zeigen muss. »Der große TV-Total Ossi- und Wessi-Vergleich«, schallt es viel zu laut aus seinem Smartphone. »Das ist wirklich lustig, das müssen wir kurz gucken«, meint mein Onkel und versucht, den Ton wieder leiser zu machen. Mein Vater guckt gespannt zu, jedenfalls so lange, bis meine Oma sagt, »Ach Jungs, jetzt packt doch mal die Geräte weg. Wir wollen essen!«, was wir dann auch machen, und meine Mutter fragt mindestens einmal, »Benni, wie gehts denn jetzt Ella und Tim? Habt ihr genug Geld für die Buchmesse nächste Woche? Soll ich euch einen U-Boot-Kuchen für unterwegs backen? Ist der Gerichtsvollzieher schon wieder bei Tim? Die beiden sind ja sone Lieben, die musst du unbedingt halten, Benni!«

»Ja Mutti, uns gehts gut, Gerichtsvollzieher ist wieder weg, Kuchen geht immer und irgendwann schreib ich dir mal die gesamte Katapult-Geschichte auf! Haha!«

GANZ KLEINE PUSCHIS

Erstes Mal Leipziger Buchmesse. Wasn hier los? Die gesamte Stadt ist voll verkleideter Leute. Aufwendige Perücken, aufwendige Kostüme, aufwendige Masken – sieht alles irgendwie asiatisch und verrückt aus. Aber die Verkleideten sind alle auch etwas schüchtern. Das passt gar nicht zu deren selbstbewussten Aufmachungen. Auf dem Messegelände verstehen wir, was der Grund für die ganzen verkleideten Teenies ist: die Messe selbst. Hier werden nämlich auch Mangas ausgestellt und deren Fans nehmen die Sache so richtig ernst! Also ich würde mich nicht wie Maik Klingenberg anziehen, nur weil ich Herrndorfs »Tschick« genial finde, aber vielleicht bin ich auch spießig. Überlege jetzt, was denn dagegen spricht, wie Maik rumzulaufen. Er trägt wahrscheinlich sowieso ähnliche Klamotten wie ich. Also wenn mich mal einer auf der Messe fragen sollte, als welche Manga- oder Bücherfigur ich verkleidet bin, weiß ich meine Antwort schon.

Was wollen wir hier eigentlich? Wir hatten für das erste Magazin nur drei Anzeigen verkauft. Wenn wir aber finanziell durchhalten wollen, muss das mehr werden, und wer macht gerne Werbung in Magazinen? Buchverlage! Wir klappern sie alle nacheinander ab. Bei Reclam sagt irgendeine Praktikantin, sie leitet unsere Anfrage weiter, bei Suhrkamp auch, beim Eulenspiegelverlag (nicht das Magazin!) kommen wir direkt an die Anzeigeneinkäuferin. Jackpot! Sie ist ehrlich begeistert und will in der zweiten Ausgabe eine ganzseitige Anzeige kaufen. Das sind 500 Euro, genial! Alle anderen Verlage

haben mittleres Interesse. Vielleicht haben wir ja ne Chance, wenn wir denen nächste Woche noch mal ne Mail schreiben, so wie wir es ihnen bei jedem Gespräch ankündigen. Wir haben jedenfalls die Hosentaschen voller Visitenkarten von desinteressierten Verlagsmitarbeitern. Zu dritt für ein Wochenende nach Leipzig fahren und mit 500 Euro nach Hause kommen, lohnt das eigentlich? Egal. Wir müssen einfach anfangen.

Auf der Messe spreche ich Martin Sonneborn an und zeige ihm unser neues Katapult-Magazin. Ihm ist es aber irgendwie nicht rechtsradikal genug, sagt er und steckt es trotzdem in seine Tasche, weil seine Frau noch von der Seite gesagt hatte, »Ah, Katapult, die kenne ich, die sind gut, Martin!« Auch Richard David Precht drücke ich ein Magazin in die Hand und erkläre, was wir machen. Er ist komplett desinteressiert, versucht es aber unter einem Mantel der Freundlichkeit zu verstecken. Harald Martenstein meint zu mir, jetzt habe er endlich seine Zuglektüre gefunden, aber er sagt es so überzeugt, dass ich nicht sicher bin, ob er es ironisch meint.

Wir haben auf jeden Fall einen großen Fehler gemacht. Fast alle Gesprächspartner haben uns gefragt, wo denn unser Messestand sei. Kacke! Wir haben ja gar keinen und dann haben die uns auch direkt über ihre Gesichtsausdrücke mitgeteilt, dass wir ganz kleine Puschis sind. Das ertrage ich natürlich nicht. Ich beschließe: Katapult braucht das nächste Mal einen Messestand, einen sehr großen – oder besser gleich zwei oder drei große Messestände! Wir fahren zurück nach Greifswald und haben noch eine wichtige Aufgabe. Denn die,

die eigentlich zuallererst das neue Magazin sehen müssen, sind unsere Abonnenten! Das sind die Wichtigsten! Also los, Adresszettel ausdrucken, einpacken, zur Post und weg damit. Die 33 Greifswalder Abonnenten beliefern wir persönlich, mit dem Fahrrad, weil wir dann 33 Euro Porto sparen. Ella, Tim und ich brauchen dafür vier Stunden, weil manche echt am Rand von Greifswald wohnen, einer sogar im Wald. Das Abo meiner Oma bringe ich ihr bei der nächsten Geburtstagsfeier mit und Tim nimmt noch zwei Abolieferungen mit nach Stralsund, weil er die Leute dort kennt. Perfekt.

DIE SCHOKOSCHEISSINSTALLATION

Wir hatten vergessen, eine Katapult-Gründungsfeier zu machen. Jetzt holen wir sie endlich nach, bei mir zu Hause in der Hornschuchstraße, dem offiziellen Sitz des Unternehmens. Mein Vater hat mal einen alten Wasserboiler zersägt, daraus habe ich den größten Grill Greifswalds gebastelt. Allein deshalb ist mein Garten schon geil. Die Nachbarn sind zwar alle Spießer, mit Choleriker Streek als ihrem König, aber bisher hatten ihre Anrufe bei der Polizei noch nie ernsthafte Konsequenzen. Viel größere Angst habe ich vor Tim. Bei der letzten großen Katapult-Weihnachtsfeier hat er sich doll über mich aufgeregt, weil ich ihm sein Bad eingesaut habe, und ich vermute, an diesem Tag wird er Rache nehmen – das hat er jedenfalls immer angekündigt, wenn wir mal bei mir feiern, wird er mir alles zurückzahlen.

Ich hatte damals bei der von ihm ausgerichteten Weihnachts-Hausparty eine geniale Idee: Warum nicht einfach ein Stück Schokoladenweihnachtsmann mit dem Föhn schmelzen und auf die Klobrille tropfen lassen? Sieht dann auf den ersten Blick aus wie Scheiße auf der Klobrille, dachte ich und fand das ganz lustig. Also los. Schokolade ausgepackt, Föhn an, Brille eingesaut. Dann hatte mich Maja dabei erwischt, wie ich da vor der Klobrille hockte, und gefragt, was ich denn da mache.
»Das sieht ja ekelhaft aus!«
»Das ist n Kunst-Psychologieprojekt«, hab ich geantwortet, um nicht total vertrottelt dazustehen.

»Was denn fürn Kunst-Psychologieprojekt?«, fragte Maja interessiert zurück.

Nachdem ich ihr alles erklärt hatte – was ziemlich schnell ging –, war sie direkt ganz begeistert von meiner Schokoladenscheißinstallation, wie wir sie von da an nannten.

»Das ist ja total genial«, sagte Maja, »jetzt will ich aber auch wissen, ob wirklich jemand drauf reinfällt und die Schokolade für Scheiße hält.« Sie entscheidet: »Da muss viel mehr Schokolade auf die Brille!«

Ich fands vorher eigentlich schon ganz gut, aber Maja dreht jetzt richtig durch. Okay, irgendwie hat sie auch recht. Wenn schon, denn schon. Kunst macht keine halben Sachen, das wäre peinlich. Also schmieren wir direkt das gesamte Bad damit ein. Heizung, Spiegel, Klobürste und auch die Wände – alles voller zerschmolzener Schokolade. Wir finden es jetzt schon sehr witzig, diese Kunstausstellung im Bad. Als wir es verlassen, setzen wir uns getrennt ins Wohnzimmer und beobachten, wer als Erstes reingeht, um dann die Reaktion zu beobachten. Mann, ist das spannend! Was wird wohl der Erste sagen, wenn er die Schokoladenscheißinstallation sieht? Das ist innovative bildende Kunst, finde ich jetzt, das sollte derjenige dann auch würdigen.

Der Erste, der aufs Klo geht, ist dann tatsächlich Tim – haha, gleich kommt er raus und sagt sowas wie, »Was soll der Scheiß, ihr Idioten«, oder er sagt, »Sehr witzig Leute, aber jetzt macht das wieder weg!« Bin supergespannt, wie er auf unser psychologisches Kunstprojekt reagiert. Tim ist ja auch son verkappter Kunstversteher, das wird er schon kapieren. Er geht also aufs Klo und dann passierts auch direkt: nichts. Es passiert gar nichts. Er kommt aber auch nicht zurück. Was ist das denn? Mh. Komisch. Er geht da einfach rauf, sieht unsere kreative Kunstinstallation und sagt nichts? Da habe ich mir als Künstler irgendwie mehr Resonanz versprochen. Na ja, man kann sich sein Publikum nicht aussuchen. Nach 30 Minuten kommt er aus dem Bad und sagt überhaupt nichts. Er fragt nicht, er regt sich nicht auf. Gar nichts. Was hat er gemacht? Sauber. Er hat alles sauber gemacht und nichts gesagt.

Was mir dann erst später bekannt wurde, er hat sich unfassbar über die Schokoscheißinstallation, die er gar nicht als Kunst anerkennen mochte, geärgert. Er fand das einfach nur unverschämt. Da stellt er seine gesamte Wohnung für eine Feier zur Verfügung und wir behandeln ihn so schlimm, hat er dann später erklärt, da war er wirklich sehr sauer, fast schon verbittert, also die gesamte Wohnung habe er zur Verfügung gestellt und dann sowas, einfach respektlos, das geht doch nicht, das ganze Klo eingesaut und er hatte doch die Wohnung vorher geputzt und auch zur Verfügung gestellt, da kann man doch nicht einfach so eine miese Nummer abziehen oder was, wenn schon einer die Wohnung zur Verfügung stellt – das geht gar nicht, vor allem, weil es ja auch die gesamte Wohnung war, die zur Verfügung gestellt wurde und so. Abends merke ich dann auch noch, dass mir jemand voll viel Schokolade ins Portemonnaie gestopft hat. Ah. Jetzt verstehe ich. Kunst reagiert auf Kunst. Sehr kreativ. Finde die Aktion aber trotzdem sehr daneben. Mein ganzes Portemonnaie ist eingesaut!

Auf jeden Fall hab ich nun deshalb Angst vor Tim und seiner Rache. Denn er hatte ja nicht nur seine gesamte Wohnung zur Verfügung gestellt, nein, er hatte sich wohl auch sehr auf den Schokoweihnachtsmann gefreut, also sich so richtig gefreut, den schön essen zu können, und das ging ja nun nicht mehr, erklärte er mir, nie mehr könne er DIESEN Schokoladenweihnachtsmann essen! Das sei wirklich sehr ärgerlich, dass er den nicht essen konnte und die Wohnung erst – das ging alles gar nicht klar.

SIND NOCH AUFKLEBER DA?

Ich hoffe insgeheim, dass ihm die rücksichtslose Portemonnaie-Geschichte doch eigentlich als Rache ausgereicht haben müsste. Wir spielen das Katapult-Spiel. Ellas Freund Alex hat uns mal aus Holzspateln kleine Katapulte gebaut, mit denen man Centstücke auf stehende Klammern schießen muss. Wer zuerst die Klammern des Gegners umgehauen hat, darf dem Verlierer ein Getränk mixen. Vorher wird nur eine Sache festgelegt: die Anzahl der Komponenten. Richtige Könner spielen es natürlich in der offenen Freestyle-Variante. Sie legen also keine Komponentenanzahl fest. Dann kann man auch Fanta, Wodka, Aioli, Erdnussflips, Sahne, Salzstangen und nen Schuss Spüli mixen – das muss der Verlierer dann trinken. Die meisten kotzen nach drei verlorenen Spielen, manche direkt beim ersten. Die Sache mit dem Spülmittel war aber, wie ich später rausbekam, eher was für ganz liberale Spieler, denn nachdem ich Tims Kumpel Buchi mitgeteilt hatte, was da alles in seinem Getränk war, nämlich auch Spüli, war so ein unlustiger Ernst im Raum, weil Buchi das ja auch schon komplett getrunken hatte und alle fanden, das ginge dann doch irgendwie zu weit, das sei wohl auch gesundheitsschädigend oder so. Nur Tim und ich fanden es weiterhin ganz lustig. Bisschen Spüli ist doch immer dabei, denke ich. Also, die Ersten kotzen in der Regel schon um 22 Uhr, aber die erholen sich im Laufe des Abends auch wieder. Das ist immer so.

Die Musik ist laut. Gegen halb elf kommt meistens irgendein Nachbar und beschwert sich. Diesmal ist es Streek, der sich ausnahms-

weise mal aufregt: »Herr Fredrich, Sie haben ZWEI OPTIONEN, Musik leiser oder ich rufe die POLIZEI.«

»Nur zwei Optionen?«, frage ich zurück.

»Musik leiser oder POLIZEI!«, wiederholt Streek.

»Zwei Optionen sind aber echt wenig«, versuche ich ihn zurückzunerven.

Streek ist einfach so in mein Zimmer gekommen. Ich liege grade unter meinem Schreibtisch, versuche zwei weitere Lautsprecherkabel anzustöpseln und frage noch mal nach: »Wie war noch mal Option eins?«

»MUSIK LEISE, SOFORT!«

»Ach so, das geht nicht. Wie war noch mal Option zwei?«

»WIE SIE WOLLEN! DANN RUFE ICH JETZT DIE POLIZEI!«

»Und Option drei gabs gar nicht, sagten Sie?«

»ICH RUFE DIE POLIZEI, SIE WERDEN SCHON SEHEN, WAS SIE DAVON HABEN! SIE WISSEN SCHON, DASS HIER AUCH KINDER WOHNEN? DIE MÜSSEN SCHON LANGE SCHLAFEN! UND MEINE FRAU, DIE MUSS MORGEN FRÜH RAUS! MIR IST DAS JA EGAL, ABER HABEN SIE AUCH MAL AN DIE KINDER GEDACHT?«

Gegen 23 Uhr kommen die Bullen vorbei. Die sind sonst meist nett und finden die Nachbarn auch irgendwie schlaff. Sie reden dann kurz mit uns, wir machen die Musik leiser und zehn Minuten nachdem sie wieder weg sind, wieder lauter. Diesmal ist es aber nicht so. Ich bekomme mit, wie die zwei Bullen aus dem Auto steigen, Aziz, Ibrahim, Philipp und mich vor der Haustür stehen sehen und der erste Bulle zum zweiten sagt, »Ach nee, Asylantenparty, oder wat!« Ihm war wohl nicht klar, dass wir das hören konnten. Okay, denke ich, die bekommen jetzt auf die Fresse, ich weiß nur noch nicht genau, wie.

Wir vier stehen also vor der Haustür, die Polizisten kommen an den Zaun, aber nicht ganz bis zu uns ran, weil wir die Zufahrt extra mit Fahrrädern und Mülltonnen zugesperrt haben, damit wir nur aus der Entfernung mit denen reden müssen. Der zweite Bulle fragt mich, ob ich den Veranstalter dieser Feierlichkeit kennen würde. Ich antworte nicht so gut gelaunt, denn das hatte ich mir ja vorgenommen: »Seh ich so aus?«
Der Polizist reagiert relativ cool: »Seh ich so aus, als ob ich wüsste, wie jemand aussieht, der den Veranstalter kennt?«
Gute Antwort. Respekt. Ich muss jetzt gut kontern. Also sage ich: »Nee, Sie sehen eher so als, als würden Sie gar nichts wissen.«
Haha! Das hat er nicht gedacht, was er dann auch direkt mit den Worten »Ganz vorsichtig, Junge!« bestätigt. Das war schon nicht mehr so kreativ. Schade. Die beiden doch etwas mopsigen Polizisten zwängen sich durch die Fahrradbarriere, gehen zur Tür und klingeln. Ella macht auf und sagt: »Hallihallo!« Sie wird direkt gefragt, ob sie den Veranstalter kenne, woraufhin sie mich verstört anguckt. Ich schüttel den Kopf, damit sie nicht verrät, dass ich das bin, was sie dann auch nicht macht. Nach zwei, drei freundlichen Sätzen mit Ella wollen die Polizisten dann doch mal hinters Haus in den Garten gehen und gucken, ob sie den Veranstalter eventuell dort finden. Außerdem sei diese Boiler-

konstruktion verdächtig, die müssten sie jetzt mal inspizieren. Das ist doch wohl »kein zugelassener Grill«, nuschelt der eine zum andern.

Wir bleiben vor der Haustür stehen und haben direkt das Polizeiauto im Visier. Damit lässt sich doch bestimmt was machen. »Können wir dem Bullenwagen nicht mal die Radkappen abziehen?«, fragt Philipp. Ich bin dagegen. Ist mir zu langweilig, das hat ja jeder schon mal gemacht. Das muss härter sein. Wer so einen Asylantenspruch macht, muss was Härteres bekommen, erkläre ich. Auf einmal zieht Philipp einen Sticker in A7-Format aus seiner Jackentasche und sagt, »Hier! Das können wir denen ja auf die Radkappe kleben!« Ja, schon besser, aber auf die Radkappe? Das muss auf die Motorhaube, sonst siehts ja gar keiner. Okay, ich klebe das Ding auf die Motorhaube und ärger mich direkt danach. Sowas Dummes! Auf der Windschutzscheibe hätte es doch viel mehr gestört. Ella steht noch bei uns und sagt: »Ihr wisst aber schon, dass die jetzt wissen, dass ihr das wart, oder?«
Philipp sagt: »Ich brauche mehr Aufkleber aus meinem Rucksack. Schnell! Gib mir mal schnell meinen Rucksack, Benni! Schnell!«
»Ich bin doch nicht dein Assi!«
Vorläufig kramt er erst mal fünf weitere aus seiner Jackentasche. Was steht da eigentlich drauf? »Bizeps«. Er weiß nicht, wofür diese Sticker mal waren. Philipp hat sie in der Mensa liegen sehen, lustig gefunden und alle mitgenommen. Dass da einfach nur »Bizeps« draufsteht, ist wirklich schön. Philipp singt nun »Sticker! Stick-ker! Moooootorhaube!« Okay, die restlichen fünf kle-

ben wir aber alle auf die Frontscheibe und Philipp ist danach sofort wieder unzufrieden. So richtig gut wirkt die Überraschung doch wohl erst, wenn die gesamte Frontscheibe zugeklebt wäre, meint er. »Also, wie gesagt, ich habe noch den ganzen Rucksack voller Aufkleber.« Der Typ ist genial! Hätte ich gar nicht von ihm erwartet. »Leute, das ist ein Befehl: Auto unverzüglich vollkleben. Ich war bei der Bundeswehr, ich darf Befehle geben! Los!«, schreit Philipp uns jetzt an. Mit fünf Stickern auf der Motorhaube sei das einfach nur peinlich. Das muss jetzt alles zugeklebt werden. Frontscheibe, Seitenscheiben, Heckscheibe, alles, dann ist es innen zappenduster – das ist ja der Witz, befiehlt Philipp, der meiner Meinung nach überhaupt nicht bei der Bundeswehr war, also bin ich in Wirklichkeit der mit dem höchsten Dienstgrad, aber für die Sache und weil Philipp sich so schön reingesteigert hat, belasse ich es dabei. Wir brauchen mit der Beklebung relativ lange, aber die Polizisten geben uns auch die Zeit, weil sie weiterhin im Garten nach dem Veranstalter suchen und meinen Grill inspizieren. Okay, Mission erfüllt. Gesamtes Auto beklebt. Sieht jetzt ganz anders aus, das Ding. Irgendwie ist die lustige Stimmung vom Anfang aber verloren gegangen. Aziz sagt, »Hätte nicht auch die Motorhaube gereicht?« Wir zweifeln, ob es nicht vielleicht doch zu viel war, so direkt das gesamte Auto zuzukleben. Philipp besteht darauf, dass es die richtige Entscheidung war und das Auto jetzt deutlich schicker ist. »Ja komm, Aziz«, sag ich, »das hier ist megaharmlos, da brauchen wir uns echt keine Gedanken zu machen, aber ich wäre dann jetzt doch dafür, dass wir schnell abhauen!«

Wir laufen 500 Meter bis zum Ryck und warten, bis sich die Lage wieder beruhigt. »Also was ist nun?« Bevor die Bullen kamen, hatte mich Philipp gefragt, ob ich wirklich einen Jugendroman schreiben will, wie ich es mal angekündigt hatte, oder ob das nur so dahingesagt war. »Na klar! Das steht fest! Jugendroman ist Pflicht!«, antworte ich. Was er nicht weiß, ich habe sogar schon angefangen, und zwar mit der wichtigen Baumhausstory.

DIE WICHTIGE BAUMHAUSSTORY

Ich hatte Martin warme Kuhscheiße an die Jacke geschmiert. Nachdem wir alle Argumente ausgetauscht hatten und uns stritten, ob das Baumhaus mit Teppich ausgelegt werden soll oder nicht, blieb mir nur noch diese eine, letzte Waffe – Kuhscheiße mit einem kurzen Brett hinten an die Jacke schmieren. Der Abdruck war handgroß. Martin stand da mit seiner dreckigen Jacke und war entsetzt. Das hatte er nicht erwartet. Er weinte und sagte mit verheulter Stimme, dass er mir die Jacke nach Hause bringen würde und ich sie dann waschen müsse. Er war nicht aggressiv, hatte selbst in dieser Situation noch einen wiedergutmachenden Vorschlag, auch wenn ich seine Jacke selbstverständlich nie gewaschen hätte. Teppich im Baumhaus? Das geht nicht. Es wäre die Verweichlichung eines jeden Baumhausbauers. Micha war auch dagegen und was sollen die andern denken. Martin meinte hingegen, dass es mit Teppich etwas gemütlicher und wärmer wäre. Was für ein Schwachsinn!

Wir haben danach ein halbes Jahr nicht mehr am Baumhaus weitergebaut. Micha war sowieso immer nur dabei, wenn Martin und ich dabei waren, und wenn Martin nicht mehr dabei war, war Micha auch nicht mehr dabei. Micha war der Stärkste und wir brauchten ihn, weil er die schwere Schubkarre mit den geklauten Brettern am besten schieben konnte. Vom Holzdepot bis zum Baumhaus fiel die Schubkarre im Schnitt einmal auf die Seite. Sie wieder aufzustellen, war schwer. Auch dafür brauchten wir Micha. Die Architekten waren aber Martin und ich. Wir entschieden, was wo hingenagelt wird und vor allem, wer das Baumhaus betreten darf. Wir entschieden: niemand außer uns. Micha war einverstanden, was aber eigentlich auch egal war.

Irgendwann kam aber Martins alter Vater, um das Baumhaus »kindersicher« zu machen. Er hatte offiziell kein Zutrittsrecht, aber wir trauten uns nicht, was zu sagen. Es war schrecklich. Er baute überall Sicherungen an und testete, ob alle Äste stark genug waren. Das Allerschlimmste aber war, dass er eine Leiter an den Stamm nagelte, weil er sonst mit seinem alten Körper gar nicht raufgekommen wäre. Die erste Etage fing nämlich erst bei einer Höhe von drei Metern an und man musste mit einem Sprung und anschließendem Hüftaufschwung da hoch. Das war auch eine Absicherung gegen Unsportliche oder eben alte, übervorsichtige Väter. Nun war das Baumhaus also 100 Prozent sicher und es gab eine Treppe, um leicht raufzusteigen. Irgendwann war Martins alter Vater wieder weg und wir haben einen Tag gebraucht, um seinen ganzen Sicherheitsschrott wieder abzureißen.

Na ja, nach der Kuhscheißeaktion war alles anders. Martin war vergrault, würde ich sagen. Sein Spitzname war eigentlich Pansen, weil er Bansen mit Nachnamen hieß, das war cool, aber seit der Sache mit der Kuhscheiße hieß er nur noch Scheißemartin. Er war nun also schon mal vorzeitig los, wegen der Kuhscheiße, nehm ich an. Micha und ich, wir wollten jetzt auch nicht mehr weiterarbeiten, sondern unser Lieblingsspiel spielen: Einen Pfeil mit einem Bogen senkrecht nach oben schießen, mit dem Ziel, die Abschussposition so dicht wie möglich zu treffen. Man muss dabei den Wind gut mit einberechnen und vor allem gut gucken, wo der Pfeil runterkommt, damit man nicht selbst getroffen wird. Dann hätte man zwar so ziemlich sicher gewonnen, aber irgendwie auch verloren, aber wie gesagt, der Wind war hier das entscheidende Element.

Wir werden dann aber unterbrochen, weil Schröder aus meiner Parallelklasse mit seinen Idiotenfreunden angerückt kommt. Das ist wirklich einer der größten Tölpel, die ich kenne. Er hebt einen unserer Pfeile auf, wedelt damit herum und sagt: »Ich würd mir gern mal das Baumhaus ansehen, Friedrich!«

»Du darfst da nicht rauf und ich heiße Fredrich, du Wichser!«, schreie ich.

»Ich weiß«, antwortet Schröder, »und deshalb gehe ich da jetzt rauf, Friedrich!«

»Wenn du den Baum anfasst, bekommst du nen Pfeil ins Bein!«

»Das traust du dich doch eh nicht!«

»Halt die Fresse«, brülle ich ihn an.

»Du könntest niemals damit schießen, Mann. Dazu hast du viel zu viel Hemmung. Und treffen würdest du mich auch nicht! Hemmung, Friedrich! Hemmung!«

Bis dahin dachte ich, ich könnte echt nicht auf Menschen schießen, aber jetzt bin ich mir nicht mehr so sicher. Er hat es verdient. Und ich werde hier bestimmt nicht als Weichei rausgehen.

»Finger vom Baum oder ich schieß dich ab!«

Er grinst Micha und mich überheblich an, zerbricht unseren Pfeil, dreht sich um und sagt zu seinen Leuten, »Kommt, wir gehen.« Ich hab meinen Carbonbogen noch immer im Anschlag und ziele jetzt schon seit zwei Minuten auf sein Bein. Womit grade niemand mehr rechnet: Ich glaub, ich schieß ihn wirklich gleich ab. Er hat meinen Pfeil kaputt gemacht. Diese Überheblichkeit macht mich wütend, ich bin doch stärker und habe weniger Hemmungen als andere – weiß er das denn nicht? Mein rechter Arm ist nach vorne gestreckt, der linke hält den Pfeil und die Bogensehne auf maximaler Spannung. Schröder ist jetzt schon 20 Meter entfernt, dreht sich noch mal um und sagt zu seinen Leuten: »Seht ihr, Friedrich ist ein Weichei, der schießt sowieso nich!«

Ich öffne meine linke Hand. Der Pfeil wird von der Bogensehne nach vorne katapultiert. Die Federn des Pfeils zischen an meinem rechten Daumen entlang. Jetzt ist alles zu spät für Schröder. Er steht seitlich von mir. Die Zielfläche ist dadurch verkleinert. Egal, der Pfeil fliegt so schnell, dass niemand mehr darauf reagieren kann. Gleich steckt er in seinem Bein!

Der Pfeil bohrt sich in Schröders Oberkörper. Micha steht neben mir und sagt: »Das hast du nicht gemacht.« Schröder geht zu Boden. Die Hälfte seiner Leute läuft weg. Die andere Hälfte bückt sich zu ihm runter. Die Jungs schreien abwechselnd Sachen wie: »Das kannst du doch nicht machen!« »Das war doch alles nur Spaß!« »Der geht drauf, Mann!« »Fredrich ist krank, Leute, wir müssen hier weg!« Ich bin zwar selbst erschrocken, aber ich rufe, dass ich noch mehr Pfeile habe und sie auch alle noch abschießen könne, obwohl ich eigentlich keine mehr habe. Schröder liegt auf dem Boden und heult so sehr, wie ich es noch nie erlebt habe. Micha und ich entscheiden uns, mal hinzugehen. Sieht nicht so gut aus, der Junge. Diagnose: Pfeil im Oberarm. Niemand weiß, ob rausziehen gut oder schlecht ist. Auch weil ich meinen Pfeil wiederhaben will, behaupte ich, dass Pfeile immer schnell wieder rausgezogen werden müssen. Schröder flucht und heult gleichzeitig. Und er will jetzt zu seinen Eltern, sagt er verheult. Dieser Pfeil da im Arm sieht wirklich scheiße aus, denke ich bei mir. Der muss wieder raus, dann sieht man kaum noch was.

»Ich ziehe dir den Pfeil da jetzt wieder raus!«, sag ich.

Er meint, dass er mich verklagt und dass sein Onkel mich bald töten werde.

»Aber vorher muss der Pfeil hier raus, wie sieht das denn sonst aus?« Er will nicht und läuft mit dem Pfeil im Arm weg.

Die größte Überraschung kommt in den Tagen danach. Weder Schröders Eltern noch sein Onkel melden sich bei mir. Niemand beschwert sich über den Vorfall. Gute Sache! Ich rufe Micha an und frage, ob wir weitermachen können. Seine Mutter sagt, er kann heute nicht, er muss Age of Empires spielen. Gut, denke ich, dann fahr ich alleine zum Baumhaus. Meine Schwalbe läuft auch endlich wieder. Ich packe mir noch ne zweite Zündkerze und nen Schraubenschlüssel ein und fahre mit Tempo 40 Richtung Wald. Noch im Dorf seh ich Polizist Bulla, aber er hat keine Uniform an. Er ist in Zivil. Noch mal Glück gehabt! Da kann er wohl nichts machen. Dann aber fährt Bulla seinen linken Arm raus, hebt die Hand wie ein Stoppzeichen und ruft: »Anhalten, Fredrich! Sofort anhalten!« Scheiße, ist ein Polizist in Zivil eigentlich immer noch ein Polizist?

Und wenn ja, ist mir das nicht eigentlich rotzegal? Ich reduziere die Geschwindigkeit. Tempo 20, noch fünfzig Meter. Mir fällt ein, dass Bulla rein gar nichts machen kann. Ich sitze auf der fahrenden Schwalbe mit 1,5 Kubik, 3,6 PS, und sie fährt. Sie fährt einfach. Ich fühle mich überlegen. Mich und die Schwalbe kann er nicht aufhalten. Dagegen kann er einfach nichts machen. Ich entschließe mich, die Geschwindigkeit noch mal zu reduzieren. 15 km/h. Zehn Meter vor Bulla hebe ich meinen linken Arm und zeige ihm den Mittelfinger – gar nicht boshaft, sondern einfach so. Ich bin überlegen, fahre extrem langsam an ihm vorbei und er macht nichts. Er akzeptiert es. Kein Wutanfall, kein Hinterherlaufen. Zu dick. Ich drehe meinen Arm akkurat weiter, sodass mein Finger immer genau auf ihn zeigt. Ich sehe Bulla an, wie er plant, mich beim nächsten Mal ranzukriegen. Was für ein Dotzkopp, denke ich. Er ist zu dick für den Job. Als Bulla hinter mir ist, beschleunige ich wieder. Plötzlich fängt die Schwalbe an zu stottern (ohoh). Sie fängt sich wieder (haha!) und säuft dreißig Meter nach der Mittelfingeraktion ab (nicht dein Ernst). Ich rolle noch zehn Meter, drehe mich um. Bulla kommt langsam und erhaben auf mich zu. Ich muss hier weg. Der Bullenmoppel macht mich fertig! Ich überlege kurz, ob ich es schaffe, die Schwalbe schneller zu schieben, als er laufen kann. Er ist dick, ich sportlich. Aber leider ist die Schwalbe ziemlich schwer. Ich entscheide mich dagegen und warte. Er kommt gelassen zu mir, sagt, dass er über die Beamtenbeleidigung heute mal drüber wegschaut, und baut mir wortlos nicht die Zündkerze, sondern den Zündkerzenstecker aus, weil er ganz genau weiß, dass ich immer eine zweite Kerze dabei habe. Ich schiebe nach Hause. Komische Aktion. Bulla, das offizielle Arschloch, hat überreagiert. Werde mich rächen.

Nachdem wir alle Genauigkeiten meines Jugendromans besprochen haben, meint Philipp, also er hätte Bock, den zu lektorieren, und: »Du musst auf jeden Fall bei den Zeitformen aufpassen, die ballerst du in deinen Hausarbeiten immer ganz schön durcheinander. In nem Roman muss das stimmen.« Zeitformen, denke ich, was gehen mich Zeitformen an. Das muss ordentlich abfetzen, ich interessiere mich doch nicht für Zeitformen! Philipp lenkt ein, man könne durchaus eventuell noch mal darüber reden, einen Mittelweg zu finden, Hauptsache, wir bringen den Roman, oder man sagt mal groß an, dass einem Zeitformen egal sind. Philipp, sach ich, Zeitformen sind was für Verlierer, ich mache nur geile Sachen, keine Zeitformensachen, und ich sag das bestimmt nicht irgendwo an. Wie soll das denn aussehen? Hier, ein Lesehinweis vom Autor? Haha, das geht nicht, oder ein fingiertes Gespräch über Zeitformen im Roman selbst? Total peinlich, Alter!

Wir beenden das Gespräch, denn wir haben ganz andere Probleme. Die Polizei ist wegen der Aufklebersache auf der Suche nach uns und wir können nicht zurück zur Party. Als wir uns nach zwei Stunden Wartezeit am Ryck zurücktrauen und auch kein Polizeiauto mehr sehen, meint Ella direkt zu uns: »Das war ja wohl nicht ganz durchdacht, oder?« Was will sie denn, gucke ich Philipp fragend an. Ella meint, dadurch, dass wir ja nun das gesamte Auto zugeklebt hätten, hatten die Polizisten nicht mehr wegfahren können und waren deshalb noch voll lange da. Richtig schlau, meint sie. »Ach stimmt«, sagt Philipp, »wir hätten denen ein Guckloch lassen sollen. Das haben wir nicht bedacht.« Am Ende haben sie wohl genau dieses Guckloch erst freikratzen müssen, also wars dann ja doch nicht so schlimm.

Bullen sind weg. Party geht weiter. Es sind auch einige freie Schreiber gekommen, die wir noch gar nicht so gut kennen. Darunter Psychologiestudenten, die eigentlich immer ganz durchdacht wirken, aber an anderen Stellen auch – wie drück ich es diplomatisch aus? – mörderdumm sind. Einer sagt: »Wisst ihr, wie die Frau von Adolf Hitler hieß? Na? – Eva Braun. Ist das nicht Wahnsinn?? Eva Braun! Also wegen der Farbe jetzt. BRAUN, versteht ihr?« Was ist denn hier los, denke ich. War der sein Leben lang im Bunker oder was? Wie kann man denn mit 24 Jahren erst mitbekommen, dass es Eva Braun gab? Wie geht sowas? Kann es mir nicht erklären und frage zurück, ob er bei Wernher von Braun auch so überrascht war. »Wer ist denn Wiemer von Brauns?«, fragt er und ich bin noch baffer, als ich es vorher schon war.

AB IN DIE FRAUENKLINIK

Ich fahre mit Ronja nach Karlsruhe, um den einzigen AfD-Politiker zu interviewen, der zuvor Dozent für Philosophie war. Ich wollte die AfD schon immer mal für Katapult interviewen, aber es musste zu unserem wissenschaftlichen Profil passen. Deshalb kam nur jemand infrage, der entweder Philosoph ist oder wenigstens Dozent. Davon gibt es bei der AfD nur einen einzigen: Marc Jongen. Er ist sicher keine große Nummer, hat wenig veröffentlicht und kaum Reichweite erzeugen können, aber er war eben doch längere Zeit an einer Universität und nicht nur im Zeltlager der Heimattreuen Deutschen Jugend. Jongen promovierte unter Peter Sloterdijk. Er ist ordentlich, schlagfertig, aber eben auch steif und ein schlechter Redner. Es geht los. Wir sitzen in der Uni Karlsruhe im Café und ich stelle die ersten Fragen.

Welche ist die zweitbeste Partei Deutschlands?

»Die SPD, weil sie Thilo Sarrazin hat.«

Lieblingsphilosoph?

»Nietzsche.«

Ich muss an die Anzugmänner denken und erkenne, dass auch Jongen Anzug trägt. Welche Zeitung lesen Sie?

»Junge Freiheit.«

Alles klar, der ist schon stramm auf Linie. Im Mittelteil des Interviews gibt er dann tatsächlich eine rassistische Definition von »Volk« und merkt es selbst gar nicht. Erst als ich ihm das Transkript schicke, meint er, dass ich das unmöglich so veröffentlichen könne. Das »mäandere« ihm viel zu sehr. Ach was, so nennt man das heute? Mäandern. Ich muss es leider rausnehmen, weil wir vorher verabredet hatten, dass er das Interview freigeben muss.

Ella übersetzt in der Zwischenzeit einen Artikel aus dem Französischen ins Deutsche. Nebenbei versucht sie noch Anzeigen per Telefon zu verkaufen. Eigentlich ist sie viel zu aufgeregt für den Job. Um die Aufregung in den Griff zu bekommen, pfeift sie sich schon morgens um neun zwei kleine Schnäpse rein und ruft erst dann die potenziellen Anzeigenkunden an. Erfolgreich. Ella verkauft tatsächlich drei Anzeigen für die zweite Katapult-Ausgabe, weil sie genial ist. Tim layoutet, was das Zeug hält, und ich schreibe drei Artikel pro Woche.

Wir sind mittlerweile in einen anderen Raum gezogen, vom Institut für Politik- und Kommunikationswissenschaft in der Baderstraße in ein Verwaltungsgebäude der Uni in der Löfflerstraße. Das war früher mal die Frauenklinik und: Ich wurde in diesem Gebäude geboren. Bin irgendwie nicht weit gekommen. Die Uni Greifswald hat uns diesen Start-up-Raum zur Verfügung gestellt, in den alle Uni-Gründerprojekte dürfen. Glücklicherweise sind wir derzeit das einzige Start-up, das diesen Raum nutzt. Hoffentlich bleibt das so. Was machen wir als Erstes? Poster aufhängen. Am nächsten Tag steht direkt der Leiter des Start-up-Raums vor meiner Nase. »Also Poster dürfen hier nicht aufgehängt werden. Brandschutz!« Als er uns das so sagt, ist auch gleich doppelt doof, dass ich Berta heute natürlich wieder dabei habe. Sie ist noch ein Welpe. Zum Glück hat er nicht gesehen, dass sie gestern in den Flur gepinkelt hat.

Egal. Wir machen einfach in einem posterlosen Raum am Heft weiter und schicken die Druckdatei zu Möller Druck. Die letzten sechs Tage sind anstrengend. Wir müssen 16 Stunden pro Tag arbeiten, um fertig zu werden. Die letzte Nacht machen wir durch. Anders gehts nicht. Als wir unsere zweite Ausgabe nach zwei Wochen bekommen, fallen uns zwei krasse Fehler auf, die das Ende von Katapult sein könnten. Erstens: Das Cover ist viel zu dunkel! Das wird keiner kaufen, denke ich. Das sieht richtig abschreckend aus! Wir haben uns irgendwie mit der Farbe vertan, so hatte es am Bildschirm nicht ausgesehen. Okay. Abwarten. Kann man jetzt nichts mehr machen. Zweitens – und jetzt kommts wirklich knüppeldick: Wir haben den Barcode vergessen. Alter Vadder! Das ist unser Ende. Die Dinger können ohne Strichcode ja gar nicht verkauft werden. Wie sollen die Verkäufer das machen? Die können das Heft ja jetzt gar nicht einscannen. Wie blöd ist das denn? Wir arbeiten wie die Doofen und am Ende fehlt so eine große Sache, die aber nur drei Sekunden gedauert hätte. Richtig scheiße! Ich rufe den Deutschen Pressevertrieb an und schildere ihnen unser Problem. Auch dort erst mal Sprachlosigkeit.

Nach endlosen zwanzig Minuten rufen sie zurück. Sie haben eine Lösung, sagen sie. Und ich denke, die sind ja cool! Also wenn ich jetzt unseren Barcode als PDF schicken würde, könnten die den auf Sticker drucken und dann per Hand nachträglich aufs Heft kleben. Das sähe dann etwas ulkig aus, aber es müsste klappen, meinen sie. Ich bin ganz euphorisch! 3.600 Euro würde das kosten, sagen sie.

Ich bin nur noch halb euphorisch und denke, Scheiße, so viel haben wir gar nicht. Ich sage trotzdem zu, denn sonst wäre ja alles sofort umsonst. Wir müssen das jetzt so machen und das Geld irgendwo auftreiben.

DAS CABRIOGESICHT

Es ist zu wenig. Ich muss die Suppe strecken. Das reicht nicht mehr für die anderen. Jetzt hab ich zwar, wie versprochen, für die beiden gekocht, aber ich hab schon viel zu viel davon selbst gegessen. Lösung: halber Liter Wasser dazu. Fertig. Gestreckte Käse-Lauch-Suppe, denke ich. Weil ich nicht weiß, dass das die Geburtsstunde der Fredrichschen Wassersuppe ist. Tim merkt es sofort: Das ist gar keine gestreckte Käse-Lauch-Suppe mehr, das ist reine Wassersuppe! Es folgen drei Wochen lang Witze über meine Wassersuppe. Ich hasse Tim. Aber was solls, er kann nur Erbsensuppe, mehr kann er nicht. Tim, Ella und ich kochen abwechselnd zu Hause und bringen das Zeug dann mit ins Büro. Ella hat Nudelauflauf gemacht, okay. Tim kann nur Erbsensuppe, mehr kann er wirklich nicht. Deshalb hat er auch nur Erbsensuppe gemacht. Und ich koche immer ne Käse-Lauch-Suppe und esse den ersten Teil direkt noch abends zu Hause, weil die so geil ist. Es muss halt nur genug über bleiben. Sonst muss man strecken. Ab wann ist der Wasseranteil eigentlich zu hoch?

Mein Vater ruft an: »Benni, wie sagen sich Juden Guten Tag?«
»Papa, ich kann grad nicht!«
»Jud'n Tach!«, sagt mein Vater, »Jud'n Tach sagen die! Haha!«
»Papa, haha, haha, ich kann echt grad nicht! Haha.«
»Der is gut, ne?! Hab ich mir selbst ausgedacht.«

Ich erzähl den Witz Ella und Tim. Niemand weiß so genau, ob der politisch in Ordnung ist, aber wir können auch irgendwie nicht

nicht lachen. »Wenn alle lachen, ist er offiziell erlaubt«, sagt Ella. Wir trinken lachend meine Wassersuppe zu Ende und entscheiden, lass noch mal zur Mensa fahren und richtig essen. Ella steigt auf ihr übertrieben kleines und bunt angemaltes Klapprad, mit dem sie etwa so schnell fahren kann, wie Gehbehinderte gehen können. Es hat ein Körbchen. Tim hat kein Körbchen, aber dafür ein normal großes silbernes Herrenrad von Mifa. Ich fahre auf einem Mädchenfahrrad mit zwei Körbchen, eins vorne, eins hinten.

Wir müssen nur die Löfflerstraße runter. Nur diese eine Straße. 500 Meter. Dann sind wir am Ziel: die Mensa. Es gibt keinen Radweg, deshalb fahren wir auf der Straße, ich in zweiter Reihe. Hinter uns hupt ein Auto. Was für ein PENNER! Wer hupt denn Radfahrer an? Er hupt noch mal. Ich drehe mich um, zeige ihm den Mittelfinger und rufe, wie es sich bei uns gehört: »Fick dich, du Lappen!« Ergebnis: Er hupt jetzt durchgehend. Wir fahren weiterhin zu dritt auf der Straße. Der Autofahrer hupt ohne Pause und überholt uns endlich.

»Das is ne Fahrradstraße!!«, rufe ich hinterher.

»Du Benni, ich glaub, das hier ist keine Fahrradstraße«, sagt Ella.

»Wenn wir hier mit dem Rad drauf fahren, ist das ne Fahrradstraße!«, sage ich trotzdem.

Er fährt in einem Mercedes-Cabrio an uns vorbei, hupt immer noch und gestikuliert stark. Auf einmal fällt mir ein: Das ist der Moment, nein, das ist MEIN Moment! Darauf warte ich seit Tagen! Letzte Woche hat mich ein Wohnmobil zwischen Loissin und Gahlkow von der Straße gedrängt. Sturz, Schürfwunden, Fahrerflucht. Danach hatte ich mir geschworen, sobald der nächste Autolutscher kommt, wehre ich mich und trete seine Karre zu Schrott! Endlich ist es so weit. Benjamino Fridolino – jetzt ist dein Moment. Zieh durch, Mann!

Das Cabrio ist etwa 50 Meter vor uns. Ich entscheide mich, richtig Gas zu geben. Den bekomme ich! Cabrio jetzt 100 Meter entfernt, Scheiße Mann, ich trete in die Pedale. Alles, was geht! Ich will den kriegen und dann gibts auf die Nuss! Cabrio ist schneller als ich, 150 Meter entfernt. Egal, ich trete, 200 Meter, Mist ey! Aber dann – Cabrio blinkt links und bremst. Hahajuhuuuu! Er will links abbiegen und kommt nicht durch, Gegenverkehr! Greifswalder Rushhour. Rushhour? Gegenverkehr? Jaja! Gegenverkehr! Er kommt nicht links rum. Ich trete mein Fahrrad auf 40 km/h, Körbchen wackeln, Schutzbleche rattern, 150 Meter, der Typ kommt nicht nach links, ha!, nur noch 100 Meter, was ein Glück, er kommt einfach nicht nach links, wegen, genau: Gegenverkehr! 50 Meter noch, jetzt hab ich ihn gleich, er steht an einer Kreuzung ohne Ampel und kommt nicht nach links, denn es gibt Gegenverkehr, noch zehn Meter, ich höre auf zu treten, rolle mit 39 km/h rechts an ihm vorbei, halte den Lenker gerade, das rechte Bein fest auf der Pedale, das linke Bein ziehe ich auf Seitenspiegelhöhe hoch und rase auf den Seitenspiegel zu, Adrenalin 3.000! Er kann nicht mehr weg, das weiß ich jetzt, ich bin 0,01 Sekunden davor, seinen beschissenen Seitenspiegel abzutreten, Vorfreude, ich erreiche das hintere Seitenfenster, dann das vordere Seitenfenster, mein Fuß trifft den Seitenspiegel dermaßen perfekt, dass er nicht nur zerbricht, sondern auch komplett abfliegt, und mir wird klar – das ist sie, die ganz große Freiheit!

Ich drehe mich um und erkenne, dass mein Tritt doch nicht ganz so perfekt war. Der Spiegel ist zwar zertrümmert, aber ein Rest hängt etwa zehn Zentimeter traurig am Auto runter, weil sich ein Kabel nicht gelöst hat. Schade, ich wollte den Spiegel eigentlich als Trophäe mitnehmen, aber das mit dem Kabel ist mir jetzt zu aufwendig.

Ich fahre weiter und freue mich sehr. Nach zwei Sekunden: quietschende Reifen, der Cabriofahrer dreht jetzt durch und verfolgt mich. Verständlich. Er holt mich ein, überholt mich, schneidet mir den Weg ab und bremst mich aus. Ich warte, bis er aussteigt, was auch sofort passiert. Eine wütende Gestalt rennt auf mich zu und schreit irgendwas Unziviliertes: AFFE, was mir EINFALLE, AUSWEIS, POLIZEI und so. Wat will er denn? Er hat doch keine Chance. Ich hab kein Nummernschild. Weiß er das nicht? Ich drehe um und fahre in die Gegenrichtung. Merk dir doch mein Kennzeichen, du Trottel! Er springt zurück ins Auto, wendet (trotz Gegenverkehr!) und will mich verfolgen. Wie dumm kann ein Mensch sein? Meint er wirklich, dass er mich kriegt? Ich biege in die nächste Straße ab – Fußgängerzone.

In der Mensa treffe ich Ella und Tim wieder. Sie hatten sich bei dem Zwischenfall zurückgehalten und sind so weitergefahren, als würden sie nicht zu mir gehören. Ich setze mich zu ihnen.
Ella fragt: »Was warn das eben?«
»Er hat uns angehupt«, antworte ich.
»Ja, aber das danach mit dem Spiegel?«

»Normale Reaktion, hatte er verdient.«

Ella (lacht): »Na ja. Also normal war das nicht.«

»Fands angemessen.«

»Benni, das kannst du jetzt aber nicht jeden Tag machen!«

»Ja ey, die Leute kennen uns doch hier«, nervt Tim von der Seite rein.

»Ja und grade deshalb mache ich das jetzt. Was sollen die Leute denken. Dass wir uns nicht wehren? Ich habe keinen Bock mehr auf die Penner. Wenn die auch noch dumm sind, müssen die damit rechnen, dass ich ihnen das Auto zusammentrete. Was haben wir zu verlieren?!«

»Ist ja alles richtig, Benni, aber was, wenn der dich überfahren hätte?«, nervt Tim weiter.

»Ja, das wär nicht so doll. Das war n Fehler von mir, hätte direkt nach dem Tritt abbiegen müssen. Mache ich das nächste Mal besser.«

Ich bin fertig. Ich kann so schnell essen wie niemand sonst. Ella und Tim essen noch. An der Kasse steht Tims bester Sauffreund Ingo mit vollem Tablett. Schöner Mist – nicht jetzt, nicht der. Er begrüßt Tim von Weitem und droht, zu uns zu kommen. Nicht, dass es einfach nur belästigend wäre, sich zu Leuten zu setzen, die schon fertig sind und dann noch auf einen warten müssen, nein, Ingo hat meiner Meinung nach nur eine Gehirnhälfte und das nervt. Ich habe ihn nur einmal kurz kennengelernt und das hat eigentlich gereicht. Er ist bekannt dafür, sich auf Partys die Hose auszuziehen und Frauen zu belästigen. Es gibt Leute, die nicht zu Partys kommen, wenn sie wissen, dass Ingo da ist. Jetzt steht er da mit seinem kleinen, aber kräftigen Ein-Meter-sechzig-Körper an der Kasse, trägt langes, lichtes Haar und eine braune Jacke mit unechtem Pelzkragen. Die Hose ist blau und sieht nicht gut aus, dafür ist er aber ekelhaft überheblich und arrogant – eine waschechte Bratwurst und dazu nur eine Gehirnhälfte.

Ich denke aus Spaß darüber nach, ihn zukünftig Kacke-Ingo zu nennen. Das hört sich doch stimmig an. Kacke-Ingo. Er kommt zu uns. Ich bleibe ganz cool, rede einfach mit Ella und gut is.

»Na ihr, ich setz mich mal dazu, hi ihr drei!«
Ich will antworten und verbocke die Anrede, weil ich noch den Namen »Kacke-Ingo« im Kopf habe: »Hi Kingo«. (Hat das jemand gehört? – Mist. Ich tue so, als wär nichts.)
»Okay Leute, ihr seid jetzt die ganze Katapult-Redaktion, wa, richtig geil euer Projekt. Find ich meeega!«
»Danke«, sag ich.
»Ihr müsst nur noch eine Sache verbessern!«
»Ach was.«
»Ja genau! Gut, dass du das auch so siehst.«
»Was?«
»Na verbessern.«
»Ich weiß ja gar nicht, was.«
»Na erzähl ich doch jetzt. Immer ruhig Benni, verbessern ist immer gut. Pass auf, Benni, ich hab da ne ganz große Idee. Die wird euch richtig nach vorne katapultieren … haha … katapultieren!«
»Mhh.«

»Also, ihr müsst bekannter werden. Eure Karten sind genial, das müssen jetzt auch alle wissen. Ich hab das studiert und kenn mich aus. Für euch hab ich mir den Fall auch noch mal etwas genauer angeguckt und mir n paar Gedanken gemacht – alles kostenlos natürlich. Die beste Möglichkeit, Katapult und euch berühmt zu machen, wäre eine riesen Aboaktion vor der Mensa – vor jeder Mensa in Deutschland.«

»Das ist deine ganz große Idee?«, frag ich ihn.

»Ja, genau. Ich fahre durch Deutschland, ich fahre an jede Mensa in jeder Stadt und verkaufe Abos für euch. Genial, oder? Das ist win-win.«

Bei mir döngeln alle Alarmglocken. Der unsympathischste Typ der Welt will mit seiner hässlichen Visage im Namen von Katapult Abos verkaufen. Das ist unser Tod. Mir fällt glücklicherweise grade noch ein Ausweg ein. Damit ist er schachmatt.

»Wir können aber nicht bezahlen«, sag ich.

»Ist egal, ich sorge ja für mehr Einnahmen und wenn ihr mir nur einen Euro pro Abo gebt, reicht mir das. Dann bleiben für euch noch 19 über.«

»Okay, ich überleg mir das mal.«

»Also dann kämen natürlich noch Fahrtkosten und Unterkunft dazu, aber das ist nicht viel.«

»Aha. Ich überleg mir das mal.«

»Da gibts eigentlich nichts mehr zu überlegen, Tim und ich wollen dann direkt auch nächste Woche los.«

»Wieso Tim jetzt?«

»Na alleine mache ich das nicht, da muss schon jemand dabei sein.

Tim wäre am besten, er kennt Katapult und ich bin der Verkäufer. Das perfekte Team.«

»Sorry, aber dann ist die Sache nicht machbar. Tim ist unser Layouter, wir brauchen ihn.«

»Ist doch nur für eine Woche. Komm, Benni!«

»Du, bei Katapult arbeiten drei Leute, wenn davon einer ausfällt, fehlen 33 Prozent unserer Arbeitskraft. Das kann ich nicht machen. Wie sollen wir ohne Layouter arbeiten?«

»Ist doch nur ne Woche, oder zwei.«

»Nee, passt nicht.«

»Kannst dir ja noch mal durchn Kopf gehen lassen.«

»Jo. Ich muss dann auch mal.«

Tim und Kingo bleiben noch ein paar Minuten sitzen. Auf dem Weg zur Tablettrückgabe flüstert Ella zu mir: »Das ist der ekelhafteste Typ, den ich kenne. Ich habe Angst vor dem.« Ich lache etwas und sage: »Ich auch.« Auf dem Weg nach draußen holt Tim uns wieder ein und sagt, dass er seine Idee auch nicht so doll findet.

Wir kaufen uns gegenüber von Rossmann noch ein Softeis und schieben unsere Räder nebeneinander durch die Fußgängerzone. Tim grüßt eine entgegenkommende Person. Er sagt freundlich: »Mein!« Hat er grade »mein« gesagt? Tim, sach ma, warum hast du grade »mein« gesagt, was soll das heißen? Tim denkt nach und lacht bisschen doof. Er erzählt, dass das seine ehemalige Lieblingsdozentin war, er bewundere sie sehr und hatte bei der Begegnung überlegt, wie er sie grüßen sollte. Es sollte locker sein,

aber auch nicht flapsig. Zuerst hatte er vor, »hi« zu sagen, ent-
schied sich dann aber noch mal um und wollte doch lieber ein
»Moin« rüberrufen. Das ist doch viel lockerer. Am Ende ist es die
Mischung aus moin und hi geworden: mein. Das Lächerlichste
daran war aber, dass er dabei sein Eis etwas in die Luft hob, als

wollte er mit dem Wort »mein« sagen, dass ihm das Eis, dass er da grade leckt, höchstpersönlich gehört. Ich lache so hart, dass mir noch zweimal das Rad aus der Hand fällt und ich mich hinsetzen muss. Das ist das Genialste, was ich je erlebt habe!

136 JAHRE BIS ZUM SPIEGEL

Wochen später kommt unser Uni-Raumverwalter Hansen zu mir ins Büro und sagt: »Ihr müsst raus.«

»Warum das denn?«

»Ja, also ihr verkauft ja jetzt schon Ware und der Start-up-Raum ist nur für Ideen gedacht.«

»Okay, aber wir haben doch aber schon Magazine verkauft, als wir eingezogen sind.«

»Egal«, sagt er.

Der Raum wurde extra auf meine Anfrage hin eingerichtet und wir sind grade mal sechs Monate hier. Und jetzt sollen wir raus? Es gibt auch keine weiteren Interessenten für den Raum. Was soll der Mist? Na gut. »Wann eigentlich?«

»Zum 31. Dezember.«

»Das sind ja nur noch zwei Wochen. Wie sollen wir das schaffen?«

»Keine Ahnung«, sagt Hansen, »ihr müsst raus.«

Aber nicht nur der Inhalt der Nachricht war negativ, auch die ganze Stimmung. Hansen hat sich verändert. Was ist mit ihm? War er der Cabriofahrer? Haha. Nee, ich kann mich an das Cabriogesicht erinnern, das war er nicht. Er fährt sowieso nur Rad. War es sein Bruder? Kennen uns die Leute wirklich schon? Keine Ahnung. Auf jeden Fall müssen wir jetzt raus. Innerhalb von zwei Wochen ein neues Büro zu finden, ist natürlich schwer. Außerdem haben wir gar kein Geld für Miete. Inserate durchgeguckt, alles Schrott oder teuer. »Wat nu?«, frage ich Ella und Tim. Ella meint, wir haben doch 10.000 Facebook-Fans, darunter viele Greifswalder, lass die doch mal fragen, ob einer eine kennt, die einen kennt, der weiß, ob eine Greifswalderin n Büro hat, kann doch sein. Top Idee! Wir posten unseren Büro-Notruf und gehen nach Hause.

Am nächsten Tag steht die Leiterin der Abteilung Beschaffung ungefragt bei uns im Büro und bespricht irgendwas mit Hansen. Sie planen wohl schon den Raum um. Sie zeigt auf unsere Katapult-Magazine, die wir an der Wand bis auf Kopfhöhe gestapelt haben, und sagt laut in meine Richtung: »Dafür bekommen Sie bestimmt noch etwas Geld bei der Altpapierverwertung. Wir haben unsere alten Uni-Flyer da auch mal hingebracht. Lohnt sich. Altpapier ist echt was wert, denkt man gar nicht.« Bitte? Hör auf zu reden, du beknackte Frau mit Vollmeise, denke ich. Unsere Magazine wegwerfen? Wir leben davon und haben da unser ganzes Herzblut reingesteckt! Wie kann die so eine schlimme Niete sein? Ich darf es aber nur denken und nicht aussprechen. Tim, Ella und ich sitzen und schweigen. Wir müssen cool bleiben, aber ich habe tief in mir drin bereits beschlossen, auszurasten, wenn sie noch einmal Altpapier sagt. Sie beginnt einen neuen Satz und ich höre zu: »Na ja, Sie können sich gerne bei mir melden, wenn Sie Hilfe brauchen.« Ich gehe den Satz im Kopf noch mal durch – es kommt kein »Altpapier« drin vor. Zum Glück für alle Parteien.

Mein Vater ruft an:

»Benni, kennste den? Kommt ne Deutsche in ein polnisches Geschäft ...«

»Ja, den kenne ich schon. Das mit den Messern und Waffen am Ende, oder?«

»Ach Mist, hab ich schon erzählt, ne?«

»Genau.«

»Na gut, wollte sowieso nur Bescheid sagen, dass ich eure Schränke fertig hab. Bring ich gleich rum.«

Telefon klingelt noch mal. Diesmal geht sicherheitshalber Ella ran, sie sagt, »Aha, ja, ja, okay, vielen Dank, auf Wiederhörn.« Wer war dran? N Typ, er hat ein Büro für uns. Will er vermieten. Mist, vermieten ist nicht gut, wir sind erst in drei bis sechs Monaten so weit, dass wir genug Kohle für ne Miete haben. Wir gucken uns das Büro trotzdem an und fahren mit dem Rad in die Fleischervorstadt. Total durchgefickte Bude, da will ich nicht rein, die können wir nicht nehmen. Hab die ganze Architektur nicht ganz verstanden: Klo ist gleichzeitig Küche und Dusche ist im Wohnzimmer oder draußen und Fenster sind am Fußboden, aber Eingang ist gleichzeitig auch Ausgang – keine Ahnung, was der windige Typ uns da vermieten wollte. Ich bin ganz wuschig geworden. Wir bleiben ohne Büro.

Noch zwei Tage bis zum Auszug und wir haben immer noch kein neues Büro. Ich muss zu Hansen und ihn fragen, ob wir länger bleiben dürfen. Er ist nicht gut gelaunt und fragt zurück:

»Wie lange?«

Ich sag, »Was, wie lange?«

»Wie lange braucht ihr, um auszuziehen?«

Puh, denke ich, dass ist ja n ganz anderer Ton jetzt – ist er doch der Cabriomann? »Also zwei Wochen wären gut.«

»Okay. Noch zwei Wochen, mehr nicht.«

Wir suchen weiter nach Büros. Notfalls müssen wir von zu Hause aus arbeiten und den Großteil der Magazine zu meinen Eltern bringen. Ein kleiner Teil könnte bei Ella zu Hause gestapelt und von dort verschickt werden. Irgendwie klappt das alles – nur die Stimmung würde eine andere sein, wenn wir nicht mehr zusammensitzen. Oder jemand springt ab, oder Ella und Tim springen beide ab. Davor hab ich Angst. Dann muss ich Redaktion, Grafik, Layout und Aboverwaltung alleine machen. Mir wird klar, wir brauchen auf jeden Fall ein Büro. Es hält die Redaktion zusammen, es hält Ella, Tim und mich zusammen.

Wir sind jetzt bei sieben Abos pro Tag. Ich rechne mir aus, dass wir bei diesem Wachstum in nur 136 Jahren den Spiegel einholen. Den Stern überflügeln wir schon in 70 Jahren. Das Schöne aber ist, meine Rechnung stimmt gar nicht, denn auch unser Wachstum wächst. Wir werden nicht bei sieben Abos pro Tag bleiben, da bin ich mir ganz sicher.

HOCHWASSERHOSEN AUFS MAUL!

Mein Handy klingelt. Greifswalder Nummer. Ich nehme ab und glaube nicht, was ich höre. Das hätte ich niemals erwartet! Wir hatten unseren Büro-Notruf vor einer guten Woche veröffentlicht und ich habe damit gerechnet, dass uns irgendein alternativer Verein irgendeine kleine Kammer fürn paar Wochen gibt. Alle Spießer und deren Firmen hatte ich grundsätzlich ausgeschlossen, von solchen Leuten hatte ich das einfach nicht erwartet – und dann sowas. Unglaublich! Wer bietet uns da grade ein Büro an? Und das vollkommen kostenlos!? Die Stadtwerke Greifswald. Das ist der spießigste Laden der Welt. Er muss es aus Prinzip sein. Stadtwerke müssen Spießer sein, sonst funktioniert das nicht. Die versorgen die Stadt mit Strom, Wasser und Bussen, da macht man keine Späße, weil das alles lebenswichtig ist. Und deshalb gibt es auch keine lustigen Stadtwerke, ist besser so. Und die wollen uns jetzt wirklich für drei Monate ein kostenloses Büro geben? Uns, der Katapult-Redaktion? Wir sind das Gegenteil von denen, wir machen keinen Strom, liefern kein Wasser, fahren nicht Bus – und vor allem nerven wir. Ich sage sofort zu. Wir ziehen zu den Stadtwerken!

Die Stadtwerke liegen etwas weiter weg, im Industriegebiet von Greifswald. Das Gebiet ist in vier Zonen aufgeteilt: Technologiepark, Herrenhufen Süd, Gorzberg und Helmshäger Berg. Wer jetzt aber denkt, dass wir in den Bergen leben, liegt total daneben: Es gibt in der ganzen Region keinen einzigen Berg. Nicht mal eine Erhebung. Greifswald ist komplett platt. Unser neues Büro liegt im Technologiepark, sechs Meter über dem Meeresspiegel. Hier gibt es eine Technologieschule mit Fachgymnasium (da hab ich mein Abi gemacht), eine Siemens-Fabrik für Solaranlagen, ein Logistikunternehmen, einen Schrotthändler und natürlich auch ein Callcenter, die Pest Ostdeutschlands.

Alles geht ganz schnell, Büro besichtigt, Schlüssel übergeben, fertig. Wir haben bis Mitte April ein Büro – unser drittes. Es gibt nur ein Problem: Um Punkt 19 Uhr wird die Alarmanlage scharf gestellt. Wer sich danach im Gebäude befindet, löst den Alarm aus. Das ist natürlich ungünstig, weil wir meistens bis in den Abend arbeiten. Wir lösen den Alarm insgesamt dreimal aus. Dann kommt immer ein Sicherheitsmann, meckert kurz mit uns und drückt wichtige Schalter im Schaltkasten.

Nach einer Woche bei den Stadtwerken bekomme ich ne Mail, die wir so noch nie bekommen haben. Jemand fragt, ob er bei uns ein Praktikum machen könne. Ella freut sich. Ich finds genial – ein Praktikant bei uns? Wir sind zu dritt und zahlen uns 700 Euro im Monat aus – ein Praktikant, das wärs doch! Tim, wat sachste? Tim ist manchmal der größte Pommer überhaupt: »Nee, keine Neuen, wir sind grad so gut eingespielt. Und wir kennen den ja gar nicht.«

Okay, wer hat sich da überhaupt beworben? Julius Gabele, studiert Geografie und ist Fotograf. Der passt perfekt! Tim, schau mal, wir können doch auch eine weitere Kraft gebrauchen. Das wird gut. Tim: »Ja okay, aber ich will den nicht betreuen. Das macht ihr dann!« Abgemacht. Ella und ich sind begeistert. Einen Monat später steht er in

der Tür: Julius Gabele. Er sieht ganz anders aus als wir. Er trägt große
Kopfhörer, ein Basecap und zu kurze Hosen – an meiner Schule wäre
er dafür gemobbt worden. Hochwasserhosen! Ich glaube, er ist Hips-
ter oder bekloppt. Ich sehe ihm die Enttäuschung direkt an: Er steht
in unserer Tür und hatte sich was ganz Großes erhofft. Er dachte,
er würde ein Praktikum in einer modernen Redaktion machen, so
mit Macbooks, Palettenmöbeln und allem Pipapo. Und jetzt sitzen
da nur drei Vollidioten mit zu langen Hosen bei den Stadtwerken
Greifswald und sagen »Herzlich willkommen«. Er sagt: »Ja, hallo, ich
suche die Katapult-Redaktion.« Ella antwortet euphorisch: »Da bist
du hier richtig! Das sind wir!« Gabele: »Ah, okay – wo soll ich hin?«
Tim schweigt und hofft, dass Gabele nicht bei ihm sitzen will. Ich
biete ihm den Platz neben mir an und zeige ihm seinen PC. Ich war
natürlich vorbereitet und hatte sogar eine Aufgabenliste geschrieben.

Aufgaben für Praktikant Julius Gabele
- *Broschüre durchlesen*
- *Fotos für Broschüre machen*
- *Artikel über Geopolitik schreiben*
- *MV-Karte mit GIS (für Kunden) erstellen*
- *Artikel für Print schreiben*
- *Karte für Print erstellen*
- *Anzeigen werben*
- *Twitter bedienen*
- *Großversand vorbereiten*
- *Anmelden bei digitalnewsinitiative.com*
- *Gif für 1.000-jährige deutsche Geschichte*

Ich erkläre ihm die einzelnen Aufgaben und er wirkt paralysiert. Er sieht ganz blass aus. Beim letzten Punkt, »Gif für 1.000-jährige deutsche Geschichte«, verdreht er die Augen. Ich frag am Ende: »Alles klar?« Er antwortet: »Mh … ich muss mich erst mal reinfinden.« Ich bin enttäuscht. Er muss sich erst mal reinfinden? Was ist das denn für eine defensive Haltung?! »eRsTmAl rEiNfInDeN.« Wo will er sich denn reinfinden? Er soll einfach anfangen, das ist ein Katapult-Praktikum! Reinfinden, Alter, ich fasse es nicht. Tim hatte recht, Praktikanten sind Waschlappen. Mein Fehler. Jetzt müssen wir da durch.

Nach drei Tagen hat sich der Typ dann doch reingefunden. Einige Sachen sind ganz gut. Wir gehen alle vier zusammen in die Kantine des Industriegebiets, in der es sehr viel Fleisch gibt. Tim und er sind beste Freunde geworden – zu zweit trinken gehen, zu zweit zur Arbeit fahren, zu zweit lachen, zu zweit das gleiche Essen in der Fleischhölle bestellen – Juli und Tim.

Wir bekommen direkt noch einen zweiten Praktikanten, Christian. Tim ist dagegen. »Wir kennen den ja gar nicht!« Er ist ausgebildeter Grafiker, kann einen Salto und steht auf Ella. Immer, wenn die beiden mal irgendwo alleine sind, macht er einen Salto – oder zwei. Wir sind jetzt drei Redakteure und zwei Praktikanten. Harte Quote, klappt gut.

DIE UNFÄHIGEN FREIEN

Zusätzlich schreiben noch drei Freie für uns: Manuel (schreibt schrecklich), Antonia (schreibt gut, ist aber unsympathisch) und Anne (schreibt gut, aber prokrastiniert). Alle drei gehören zu Tims Freundeskreis. Es war von Anfang an merkwürdig bis schmeichelnd, dass alle Freunde von Tim bei uns mitmachen wollten, weil sie Katapult geil fanden. Es war aber auch die größte Tragödie. Wir haben diesen Freundeskreis zerschruppt und konnten auch nicht anders. Das Problem: Greifswald ist klein.

Alle Artikel von Manuel waren scheiße. Wir mussten hart redigieren, obwohl man sie alle hätte ablehnen müssen. Am Anfang wussten wir nach zweimaligem Lesen trotzdem nicht, was eigentlich der Inhalt des Artikels war. Er war ein Meister des unverständlichen Satzes.

Antonia war mal in Zeitstress und hat uns dann eine Uni-Hausarbeit als Artikel verkauft. Sie dachte, wir würden es nicht merken. Peinlich, aber okay. Ich weise sie darauf hin, dass ich den Müll gar nicht erst lese. Sie bittet um vier Tage Zeit und bekommt sie. Der Artikel wird gut. Sie kann eigentlich schreiben, aber sie ist nicht ganz aufrichtig, das hatte ich schon bemerkt, als sie sich mit dem Argument bei uns bewarb, dass sie vorher bei der Ostsee-Zeitung war und die anderen Leute, die da arbeiten, alle total bescheuert wären. Das kann sie ja so denken, sollte sie aber nicht sagen – jedenfalls nicht mir, so lästert man nicht über ehemalige Kollegen.

Anne ist die beste. Also fast. Sie schreibt wunderbar und ist super-angenehm. Leider hat sie noch keinen vollständigen Artikel abge-geben, weil sie die Fristen nicht schafft – also nie.

ZIEHT WIE LACHS

In dieser Halle ziehts wie Otter, denke ich zu mir. In dem Moment sagt Tim, »Zieht wie Hechtsuppe!« »Stimmt«, sage ich, »voll die Hechtsuppe«, er hat recht, man sagt eher Hechtsuppe als Otter. Tim ist Sprachwissenschaftler, ich mache lieber keine Diskussion draus. Da kommt Ella vom Klo und sagt »Mann, hier ziehts ja wie Lachs!« Haha, wer sagt denn Lachs? Tim berichtigt sie nicht, also springe ich ein und berichtige Ella: »Das heißt ›wie Hechtsuppe‹.« Ella fragt: »Was heißt wie Hechtsuppe?«

»Na der Lachs«, sage ich.

»Der Lachs heißt wie Hechtsuppe?«, fragt Ella.

»Mann, Ella, es zieht nicht wie Lachs, sondern wie Hechtsuppe, das weiß doch jeder!«

»Also ich finde halt, es zieht eher wie Lachs.«

»Ja, aber so geht das Sprichwort gar nicht.«

»Das ist ja auch gar kein Sprichwort, Benni, das ist eher ne Redewendung!«

»Mir doch egal, du kennst halt auch die Redewendung nicht!«

»Musst du grad sagen. Du hast letztens zuckizucki statt zickizacki gesagt. Was sagt denn Tim dazu?«

Tja, jetzt begibt sie sich aber auf sehr dünnes Rutscheis, denn Tim ist sicher auf meiner Seite. Der weiß, wie das heißt, und zwar Hechtsuppe, astreine Hechtsuppe. Was sagt er dazu? »Man kann eigentlich beides sagen. Also ich verstehe beides.« Wat schaad ihm denn? Eben hat er doch selbst noch Hechtsuppe gesagt und nu ist alles vergessen? Was ein Eimer, ey!

Wir beenden die Scheißdiskussion und bauen unseren Stand auf. Die Regale wurden von der Buchmesse schon aufgestellt. Wir sind das erste Mal Aussteller und für unseren »Kleinststand« zahlen wir insgesamt 800 Euro. Wir brauchen also nur noch unsere Hefte reinzulegen, ein paar Poster ankleben, und fertig ist der Messestand. Das Wichtigste aber ist der Postkartenständer, das werden wir später noch merken.

»Kann ich noch ne Schlange haben?«, fragt Ella kurz vor Messeeröffnung und Tim gibt ihr ne Schlange. »Seitdem ich ins Fitnessstudio gehen werde, kann ich so viele Schlangen essen, wie ich will.« Tim grinst und reicht die nächste Schlange rüber. Haben die beiden eigentlich mitbekommen, was Ella grad gesagt hat? Seitdem ich ins Fitnessstudio gehen werde?! Was ist das denn für ne neue Zeitform? Futeritum II oder was?! Sie sitzen da mit ihren ZDF-Mützen, die wir am ZDF-Stand geklaut hatten, und bekommen gar nichts mehr mit. Sie wirken komplett bescheuert und grinsen ihre Doofheit einfach weg. Ich kann mich mit sowas jetzt nicht beschäftigen, denn ich habe ein viel größeres Problem. Mein Pulli ist eingelaufen. Er war mal ne M und ist jetzt eine S. Ärmel zu kurz, bauchfrei – dat geht nich. Glaube nicht, dass ich damit durchkomme. Dazu kommt, dass es nicht irgendein Pulli ist, sondern mein Chicago-Bulls-Pulli. Den hatte ich schon 2001, also lange bevor er retro geworden ist, und Ella hat mal gesagt, ich trage den so oft, wenn sie an mich denkt, dann habe ich immer diesen Pulli an, weil ich ihn ja auch wirklich ständig anhabe. Und nun ist der einfach eingelaufen. Meine Identität ist jetzt sozusagen geschrumpft. Ich ohne Chicago-Bulls-Pulli, das ist wie Ella ohne falsche Redewendungen. Auf jeden Fall ist der jetzt eingelaufen und ich bin etwas niedergeschlagen. Als Ella das merkt, bietet sie mir an, mir zum Geburtstag einen neuen zu schenken, woraufhin ich ihr erkläre, dass man so einen Pulli nicht einfach nachkaufen kann. Das ist keine Ware. Ich bin ja nicht mal Fan der Chicago Bulls. Das ist der langweiligste Verein überhaupt, aber dieser Pulli ist eben noch ein Überbleibsel aus einer anderen Zeit, den kann man nicht nachkaufen. Wie soll das gehen? Ich kaufe mir doch keinen Chicago-Bulls-Pulli, wie peinlich ist das denn?! Und ich lasse mir auch keinen schenken, das wär oberpeinlich. Ich entscheide, den Pulli die Messe über trotzdem zu tragen, und ziehe alle drei Minuten an ihm, um nicht bauchfrei rumzulaufen – das ist die einzig würdevolle Lösung.

Die ersten Gäste kommen und wir merken, dass wir aus Versehen einen sauguten Stand haben. Viel besser als die von all unseren Nachbarn, darunter auch die Süddeutsche Zeitung. Was ist bei uns so geil? Unser Postkartenständer. Den haben wir (extrem illegal!) mitten in den Gang gestellt und dort ist er zum reinsten Menschenfänger geworden. Die Leute bleiben stehen, gucken sich die Karten an, suchen unseren Stand und kommen zu uns – genial! Neben uns ist noch so ein Stand vom »Luzifer-Verlag«. Ella hat etwas Angst vor denen, auch weil die Cover alle böse aussehen und solche Titel haben wie »D I E K L A U E – D E R K A N N I B A L E V O N N E W Y O R K«. Auf den Covern sind immer Blut, Messer, Wölfe, böse Gesichter zu sehen, weshalb nicht nur Ella, sondern auch ich

Angst vor denen habe. Auf jeden Fall läuft deren Stand nicht. Das tut mir etwas leid, aber sie haben eben auch nicht diesen geilen Postkartenständer und sie könnten ja ihre Cover auch mal etwas netter gestalten, finden Ella und ich. So trauen wir uns da nicht mal auf fünf Meter ran und es geht ja auch nicht darum, dass wir vor den Büchern Angst haben, sondern vor peinlichen Gesprächen. Das ist immer die große Gefahr auf einer Messe. Was wird uns die Autorin des Buches wohl erzählen wollen? Ja, also hier geht es um einen Werwolf mit Messerfetisch, der sich in ein 55-jähriges Mädchen verliebt, es aber aus Versehen erstochen hat. So stelle ich mir eine Unterhaltung dort vor und was sollen wir dann sagen. »Interessant«?

Wir haben sowieso auch erst mal genug mit unseren eigenen Besuchern zu tun. Die meisten sind supergut drauf und nett, bis der erste verirrte Pegidianer kommt und Tim und mich anspricht: »Hallo, habt ihr auch was über Vatikan? Der Vatikanstaat hat nen größeren Geheimdienst wie jedes Land.« »Wie jedes Land?«, denke ich, was ist das denn fürn falscher Satz, der wäre ja sogar Ella aufgefallen. »Wie meinen Sie das denn?«, fragt Tim naiv und ich denke, was für ein Horst ist Tim denn? Der will doch nicht wirklich mit dem reden? Ich mache das einzig Richtige und schiebe mich rückwärts aus diesem Kackgespräch. Tim darf sich anschließend nen schönen Monolog über Geheimdienste, MOSSAD!!!, die fiesen Chemtrails, Asylanten und alles Mögliche reinziehen und lässt es über sich ergehen. Er ist schließlich ein Kamel, und Kamele halten das aus. Nach einer Stunde hat er sich aus den Fängen des Pegidisten befreit und kommt zu mir: »Du bistn schönes Schwein, ey!«

»Haha. Was denn nu los?«, frage ich zurück.

»Du lässt mich da voll mit dem anstrengenden Typen stehen und ich muss mir die Scheiße dann ganz alleine anhören!«

Haha, wie geil. Eins habe ich auf dieser Messe schnell gelernt, man muss in einem schlechten Dreiergespräch immer der Erste sein, der abhaut. Wenn man nur noch zu zweit ist, kommt man nicht mehr weg. Pro Tag sind etwa vier solcher anstrengenden Spezialisten bei uns am Stand und alle freuen sich immer, wenn es jemand anderen trifft. Tim beruhigt sich schon wieder, aber dann passiert direkt das: Er braucht manchmal ein paar Stunden, um locker zu werden und sich zu trauen, die Messebesucher anzusprechen. Sich ansprechen zu lassen, ist einfach, aber Fremde von sich aus ansprechen, dafür braucht man Mut, und Tim dachte nun wohl, nach dem Gespräch mit dem Monolog-Idioten wäre es endlich so weit, er spricht einfach mal den ersten Besucher von sich aus an:

»Hallo, kennen Sie uns schon?«

Besucherin: »Nein.«

Tim: »Darf ich Ihnen dann etwas über uns erzählen?«

Besucherin: »Nein.«

Hahahaha, ich kann nicht mehr, Ella auch nicht, wir schmeißen uns weg! Tim hasst uns, weil wir die ganze Zeit über seine Gesprächskunst lachen. Manchmal muss er auch aus Versehen mitlachen und dann fällt ihm wieder ein, dass wir über ihn lachen, und ist wieder sauer.

Julius Gabelmann ist mittlerweile auch da. Er ist direkt aus Augsburg nach Leipzig gekommen. Wir sind jetzt also zu viert an unserem geilen Messestand. Das Merkwürdige: Juli verkauft viel mehr Hefte als wir drei zusammen. Wie geht das denn? Der steht da mit Hochwasserhosen und umgedrehter Schirmmütze wie son Sitzenbleiber und verkauft ein Heft nach dem anderen – manchmal sogar Abos. Er steht da, redet die Leute mit seiner bayerischen Art komisch von der Seite an und die finden das auch noch gut? Verstehe ich zwar nicht, aber ist mir jetzt egal. Der bleibt auf seiner Position. Der muss verkaufen. Der Typ ist genial! Selbst die gelackten Söldner von der Süddeutschen gucken ständig rüber und wundern sich, warum unser Stand dermaßen abfetzt. Irgendwann kommen sie auch rüber und schließen tatsächlich zwei Abos bei Juli ab. Nicht schlecht. Ich will bei denen natürlich kein Abo abschließen, ich habe ja schon lange eins. Geb ich vor denen aber nicht zu.

Am Luzifer-Stand gegenüber sind sie etwas paranoid. Da kommt n Typ mit riesen dicker Brille zu denen, guckt sich alle Bücher an und streicht mit der Hand über die Cover. Der Kerl vom Luzifer-Verlag schreitet irgendwann ein und sagt:
»Kann ich Ihnen helfen?«
»Nee, ich will nur mal alle Bücher streicheln«, sagt der Besucher, woraufhin der Verlagstyp irgendwie gehässig wird.
»Sind Sie bescheuert?«
»Wieso?«
»Wer will denn alle Bücher einmal streicheln, das ist ja ekelhaft!«
»Mann, das war ein Witz«, sagt der Besucher, »Ihre Bücher haben komische Cover, aber die lassen sich ganz gut anfassen, gute Haptik!« Dann kommt er direkt zu uns und wir wissen auch nicht so

genau, ob der cool oder pervers ist, aber es ist bereits zu spät, denn Tim empfängt ihn direkt mit dem Satz: »Bei uns können Sie alles anfassen, aber bei Menschen bitte vorher erst fragen.« Haha, wie geil ist Tim denn? Der Besucher lacht, Tim lacht, alle lachen. Hier lag so ein schlimmer Mief in der Luft und Tim löst die Situation einfach auf, und das nach dem ganzen Gesprächskuddelmuddel, den er heute schon durchgemacht hat. Er versagt den ganzen Tag lang und auf einmal kommt so was aus ihm raus. Das ist Kunst! Tim ist Kunst!

Auf so einer Buchmesse wird man ganz zufällig mit anderen Verlagen zusammengewürfelt. Wir konnten uns nur so halb aussuchen, in welche Region wir kommen, und das ist eigentlich das Spannende daran. Denn sonst hätten wir auch nicht unseren interessantesten Nachbarn kennengelernt – einen Schamanen. Bitte was? Ja, ich muss das auch erst mal googeln, ob das wirklich ist, was ich denke, was es ist. Es ist so, ein Schamane ist ein Schamane, so wie ich dachte. Hart, aber gut. Er hat eine Geschichte über einen kleinen Jungen geschrieben und entschuldigt sich direkt am Anfang, dass sein Buch so viele Schreibfehler hat, die seien wohl erst nach dem Druck aufgefallen und auch sehr viele direkt auf der ersten Seite, aber egal, jetzt ist das Buch da, die Geschichte soll wohl ganz gut sein und es muss jetzt auch verkauft werden. Der Schamane schreibt über einen kleinen Jungen, der irgendwelche Superkräfte hat, die man aber nicht sofort erkennt, oder so. Das ist eigentlich alles schöner Quatsch, aber ich finde im Zusammenspiel mit dem verrückten Auftreten des Schamanen und allen Fehlern und diesem gesamten Messeauftritt hier ist es schon wieder ein Gesamtkunstwerk. Sein Stand läuft nicht gut, das tut uns etwas leid, weil er eigentlich nett ist. Nachdem sich der Schamane bei der Messeleitung wegen der wenigen Besucher an seinem Stand gemeldet hatte, ist die Messe-Marketingabteilung zu ihm gekommen und hat dem Schamanen vorgeschlagen, »Sie können ja ein großes Werbeposter bei uns in Auftrag geben, damit man Ihr Buch schon von Weitem sieht. Das kostet lediglich 600 Euro.« Ich denke, das ist das Letzte, was der Schamane jetzt braucht. Hoffentlich lehnt er dieses miese Angebot ab, denn die 600 Euro wird er nicht wiedersehen. Selbst wenn er alle seine mitgebrachten Bücher verkaufen sollte, sind das noch keine 600 Euro, also kann er das Angebot nur ablehnen.

Am nächsten Tag wird der Posteraufsteller geliefert, der sogar noch 200 Euro teurer und deshalb wohl erfolgversprechender war. Er ist 1,60 Meter hoch und genauso breit und das ist auch direkt das Problem. Der Schamane kommt zu uns und fragt, ob er seinen großen Werbeaufsteller etwas auf unseren Stand rüberschieben könne, denn würde er den Aufsteller alleinig vor seinen Stand stellen, könne man seinen Schamanenstand gar nicht mehr betreten. Da bliebe kein Platz mehr für einen Eingang, denn er habe sich ja nun den kleinsten Stand gemietet und das größte Poster gekauft. Was für ein trauriger Witz! Jemand will was unternehmen, damit mehr Besucher zu ihm kommen, und am Ende macht er es genau so, dass gar keiner mehr kommen kann. Wir stimmen natürlich zu und haben ab jetzt eine kleine Ecke von unserem kleinen Stand verloren, damit das scheiß Werbeposter vom Schamanen dort stehen kann. Ich war eigentlich dagegen, weil unser Stand ja auch so schon klein ist, aber Tim hatte direkt Mitleid und sofort zugesagt. Danke, Tim. Damit der Schamane mal Besucher hat, beschließen wir, seine Handlesefähigkeiten in Anspruch zu nehmen, denn man weiß ja nie und schlechter als ein Wirtschaftsberater wird er schon nicht sein.

Tim ist zuerst dran. Der Schamane sagt, Tim sei ein erfolgreicher, aber auch angriffslustiger Typ, der sich manchmal auch überschätzt und seine Fehler nicht einsieht, das sei seine Schwäche. Wir sind alle still, weil es überhaupt nicht stimmt. Wahrscheinlich hat er seine Hand falschrum gehalten. Dann kommt Ella. Der Schamane sagt, »Interessante Linien. Sie sind eine impulsive, intelligente Frau.« Ich schreie aus Versehen »PAH!« Der Schamane macht unbeirrt weiter. »Sie behalten ihre Ziele stets vor Augen und das ist manchmal Ihr Problem, Sie können nicht lockerlassen und verzetteln sich in Kleinigkeiten.« Haha, Ella, lass deine Zettel zu Hause, du verzettelst dich die ganze Zeit! Ella findet es alles ganz lustig, aber mein »PAH!« wohl nicht ganz so, weshalb sie später wahrscheinlich zu mir sagte: »Mit dir hab ich nochn Hähnchen zu rupfen!«

»N Hähnchen?«

»Ja, n Hähnchen!«

»N Hähnchen kann man nicht mehr rupfen, Ella, das hat keine Haare mehr.«

»Das ist ja grad der Witz, du Idiot, und außerdem haben Hühner keine Haare, sondern Federn!«

»Verzettel dich da mal nicht, hahahaha! Was willst du eigentlich?«

»Ach, egal!«

Nach vierzehn Stunden auf der Messe fahren wir in die Stadt, um was zu essen. Das Messegelände ist außerhalb von Leipzig. Wir warten auf die Bahn. Am Bahnsteigrand steht eine Frau und kippt eine Colaflasche aus. Sie hat sich extra dicht ans Gleisbett gestellt, hält ihren Arm waagerecht zur Seite und kippt ihre halbvolle Cola aus. Was ihr aber nicht auffällt, die Cola fließt gar nicht ins Gleisbett, sie prasselt noch grade so auf die Kante des Bahnsteigs – also grade so. Da macht sie sich die ganze Mühe, geht extra dicht an den Bahnsteigrand und hält den Arm weit weg, und es ist trotzdem alles umsonst. Tim tippt mir auf die Schulter, grinst und sagt: »Guck mal, das ist dein gesamtes Leben in einem einzigen Bild.«

Es ist Samstag. Vorletzter Messetag. Wir sind jetzt nicht mehr nur vier Katapulte, sondern zehn. Es sind noch ein paar Freunde aus Greifswald und Leipzig dazugekommen, weil wir die kostenlos reinschleusen können. Zwei Security-Männer kommen an unseren Stand und bemängeln, wir würden uns nicht an die Standbegrenzung halten, unsere Postkartenständer stehen zu weit draußen. Wir reagieren immer umgehend auf solche Aufforderungen der Messemitarbeiter. Sachen kurz reinstellen, abwarten, bis die Trottel weg sind, und Sachen wieder rausstellen. Das passiert eigentlich jeden Tag, manchmal auch mehrfach. Diesmal war aber etwas anders. Einer von beiden hatte nämlich einen großen Hamburger auf dem T-Shirt, weshalb ich davon ausging, dass er kein Security-Mitarbeiter war. Also antwortete ich: »Geh einfach weiter, du Burger!«, was er dann freundlicherweise auch tat. Was ich zu diesem Zeitpunkt nicht wusste, er kam nach einer halben Stunde zurück und brachte uns freundlich einen Zettel. Darauf stand, dass wir jetzt 1.000 Euro Strafe zahlen müssen. Grund: Verletzung der Standbegrenzung. Lächerlich.

Einer von den sechs Neuen, die heute bei uns am Stand sind, ist richtig heiß auf die Messe. Also so richtig heiß. Er findet alles und jeden geil. Name: Matze. Eins nervt: Er nennt mich immer »Chef« und weiß gar nicht, wie ätzend ich das finde. Irgendwann bekommt er mit, dass die Titanic jedes Jahr eine legendäre Party auf der Messe feiert, aber nie klar ist, wo sie stattfinden wird, und immer nur wenige Menschen dazu eingeladen werden. Meiner Meinung nach sind diese »Partys« lediglich ein Mythos, eine Legende, in Wirklichkeit gibt es sie gar nicht und die Titanic will nur, dass alle darüber reden und überlegen, wo die Party wohl sein wird. Schöner Marketinggag ist das, aber Matze sieht das anders. Für ihn steht fest: »Ey, da müssen wir alle hin. Das sind doch unsere Anzeigenpartner!« Ich habe eigentlich keinen Bock, da ohne Einladung hinzugehen, aber okay, wir können ja mal gucken, ob es überhaupt eine Party gibt. Schon auf dem Weg zum Titanic-Stand bereue ich meine Entscheidung. Aber es wird alles noch viel schlimmer. Matze ruft: »Party! Party! Party!« Oh Gott, denke ich, mit dem Typen darf ich mich da nicht blicken lassen. Hoffentlich sagt er nicht, dass er von Katapult ist. Das würde ein schlechtes Licht auf uns werfen, wir wären die uncoolsten Leute von Halle 3. Wir erreichen den Titanic-Stand, an dem nicht mehr viel los ist, also wird die Party wohl woanders sein. Es sitzen nur noch drei Frauen am Eingang und packen ihre Sachen zusammen. Matze geht auf sie zu und sagt:

»Hey Mädels, bei euch ist doch heute Party. Wir sind Katapult. Wo müssen wir denn hin?« Verdammte Scheiße, ich möchte mich verbuddeln. Hat der grade »Mädels« gesagt? Hat der grade »Wir sind Katapult« gesagt? Ich bin komplett versteinert und muss unbedingt aus der Situation raus, also nehme ich mir das erstbeste Buch vom Titanic-Stand, springe zwischen Matze und die drei Frauen und sage: »Dieses Buch hier, das möchte ich kaufen.« Fast hätte ich noch hinzugefügt, dass ich nicht auf die Party will und dass der Typ hier nicht von Katapult ist, aber das konnte ich grade noch so zurückhalten. Die Frauen verkaufen mir das Buch (50 Euro!!!) und erklären Matze anschließend, dass es keine Party gebe, woraufhin er sagt: »Ach kommt schon, Mädels, wir sind echt jetzt von Katapult und Partner von euch, das können wir beweisen. Ihr braucht keine Angst haben!« Ich nehme mein 50-Euro-Buch und gehe einfach weg. Die Situation ist nicht mehr zu retten. Matze startet seinen letzten Versuch: »Guckt mal hier in unser Heft: Das ist unser Chef, also der Chefredakteur von Katapult, der eben das Buch gekauft hat, das ist wirklich unser Chef, wir sind echt von Katapult und er ist der Chef! Ihr könnt uns vertrauen!«

ZITTERLIPPE FREDRICHSON

Zurück in Greifswald. Mail kommt rein. Eine Frau vom NDR will mit mir telefonieren. Sie finde das ganz interessant, was wir da machen. Im Telefonat erklärt sie mir, dass sie für das Nordmagazin einen Bericht über uns machen will – so eine Art Story über komische oder kreative Unternehmensgründer. Ich sage sofort zu und erzähle es den anderen. Alle sind begeistert, Christian macht einen Salto. Nur Julius guckt überfordert. Nach zwei Wochen stehen die Fernsehleute in unserem Stadtwerke-Büro. Redakteurin, Kameramann, Tonmann, Praktikantin. Ich bin aufgeregt und habe mir unglücklicherweise einen Pulli angezogen. Nachdem die erste Szene (sieben Leute beim Magazineverpacken) abgedreht ist, merke ich, wie warm mir eigentlich ist. Ich will gerade den Pulli ausziehen, da grätscht direkt der Kameramann dazwischen: »Ey! Du kannst den Pulli jetzt nicht ausziehen!« Noch bevor ich reagieren kann, schiebt er die Begründung nach: »Das ist dann ein Anschlussfehler. Verstehste? Du darfst dir den Pulli ausziehen, wenn wir drehen, aber nicht, wenn die Kamera aus ist – ANSCHLUSSFEHLER!«

Okay, ich lasse den Pulli an und schwitze wie Sau. In der nächsten Szene zieh ich den Höllenpulli sofort aus. Was ich aber vergessen hatte – ich bin ja verkabelt! Also doch nicht ausziehen. Ich bin jetzt im Einzelinterview, gebe mich ganz lässig und wirke dabei sehr aufgeregt. Ich erzähle stolz, dass wir schon über tausend Abonnenten haben. Bei der letzten Frage aber steigt meine Lockerheit enorm an: »Was sind denn deine Ziele für Katapult?«, fragt die Redakteurin und ich sage, ja ist doch klar, wir wollen bald den Spie... äh ... Cicero einholen. Das gesamte Kamerateam lacht, denn der Spiegel verkauft über 800.000 Hefte, der Cicero nicht mal ein Zehntel davon. Die Redakteurin fragt, willst du das noch mal sagen? Nee, antworte ich. Das soll genau so bleiben. Der Tonmann ist großer Fan von uns und fragt jetzt doch noch mal nach, was wir eigentlich gegen den Cicero haben, den liest er eigentlich auch ganz gerne. Ich antworte knapp, dass der Cicero seit 2015 stramm nach rechts gewandert ist – supertraurige Geschichte.

Christian fragt die Redakteurin, ob er mal einen Salto vor der Kamera machen soll. Die Redakteurin lehnt ab. Es passe nicht in die Geschichte. Stattdessen schlägt sie vor, mich beim Radfahren zu begleiten. Sie hatte mitbekommen, dass wir alle Greifswalder Abonnenten noch selbst mit dem Rad beliefern, um Portokosten zu sparen. Gute Idee, bin dabei. Ella und Tim gucken etwas ironisch und ich weiß genau, was sie damit denken wollen. Mein Rad hatte ich nach einem Kneipenabend am andern Ende der Stadt stehen lassen, am Ravic. Das Fernsehteam muss mich also erst mal dorthin fahren. Angekommen, aber: kein Rad hier. Wo ist mein Mädchenfahrrad? Scheiße, das hatte ich doch vor vier Tagen hier hingestellt, glaub ich, und nun ist es weg. Tonmann hat Mitleid. Ich frage Philipp, ob ich mal sein Rad bekomme. Wir fahren zu ihm, holen sein Sportrad und drehen die letzten Szenen. Ist so auch viel seriöser! Zurück im Büro, sind die andern fast fertig mit dem Verpacken. Ella guckt wieder ironisch und sagt halb lustig, halb empört, dass ich in Wirklichkeit ja gar nicht soo oft Abos mit

dem Rad ausgeliefert habe. Das hätten eigentlich fast immer Tim und sie gemacht. Ich weiß nicht, was sie will. »Ich hab schon Abos ausgeliefert, da warst du noch im Kindergarten, Ella!« Ella lacht.

Am Abend kommt mein Vater. Zu Begrüßung sagt er: »Hier bitte! Mutti hat dir nen Eulenspiegel gekauft.«

»Cool, danke«, sag ich.

»Ah so, was antwortet ein Polizist, der von der Lehrerin die Information bekommt, dass sein Sohn auf die Hilfsschule soll?«

»Ähm, ahh, den kannte ich mal, ähmm ...«

»Der antwortet: ›Na, wenn er das Zeug dazu hat.‹«

»Hahaha! Ja genau. Haha!«

Wir beladen unseren Passat-Kombi mit allen Abosendungen und merken, dass hinten kein Platz mehr zwischen Rad und Radkasten ist. Wie viel Kilo sind denn das etwa? 700. Ja, ist überladen. Da bleibt nur eins, meint mein Vater: »Schön langsam fahren.« Hahaha, den kannte ich noch gar nicht! Er fährt los. War doch kein Witz.

Zwei Wochen später. Wir sitzen auf den drei DDR-Sofas in Tims Wohnung und warten auf die Folge des Nordmagazins, in der unser Beitrag ausgestrahlt werden soll. Vor unserem Teil kommen natürlich erst andere Nachrichten. Es beginnt mit einem Bericht über einen sehr dicken Bauern aus Pasewalk. Ich sag, »Leute, es geht los, da ist Tim!« Nächster Beitrag: Schweinemastanlage in Medow. Ella sagt: »Ich sehe Benni, guck mal da!« Bis zu unserem Beitrag sollten es noch lange 30 Minuten werden und diese

»Witze« wurden noch mindestens 15-mal gemacht. Jedes Mal lachen wieder alle so, als wäre es ein neuer, unverbrauchter witziger Witz. Dann kommt endlich der Beitrag über Katapult, die kleine, aufstrebende Redaktion aus Greifswald. Nebenbei haben wir Google Analytics auf, um zu beobachten, ob sich die Leute durch den Beitrag unsere Internetseite ansehen. Aktuelle Besucherzahl: zwei. Es geht los. Im Fernsehen sehen wir, wie wir Magazine in Umschläge packen. Aus dem Off eine Stimme, die erklärt, dass wir da grade Abos verpacken. Besucherzahl steigt auf 13. Dann Interview mit mir. 70 Besucher. Dann Interview mit Tim – ist lustig, weil Tim manchmal Witze macht und sowieso auch lustig aussieht. 140 Besucher. Interview mit Ella, sie wirkt total sympathisch. Über 300 Besucher. »Haha, ich bin die Beste!« Nicht so schnell! Zwischensequenz: ich beim Abos-Ausliefern mit dem Rad in der Stadt. Über 400 Besucher. Ella: »Mist!« Am Ende noch mal Interview mit mir und der entscheidenden Frage von der Redakteurin: »Sag mal, Benni, kannst du nachts eigentlich manchmal nicht schlafen?« Fernsehfredrichs Unterlippe bebt, er kämpft hart, um nicht weinen zu müssen, und antwortet: »Ja.« Alles von der Kamera festgehalten und jetzt an ein Millionenpublikum ausgestrahlt – Besucher auf der Seite: über tausend.

Gleich mal gucken, ob die auch Abos abgeschlossen haben. Wow, was ist denn hier los?? Bis gestern hatten wir insgesamt 1.200 Katapult-Abonnenten und für jedes einzelne lange warten und kämpfen müssen. Nie hatten wir mehr als zehn Abos an einem Tag und im ersten Jahr auch mal ein paar Tage lang gar keins. Und jetzt das? Eine Stunde nach der Ausstrahlung haben wir über 500 neue Abonnenten – so viele an einem einzigen Tag! Wahnsinn!!

Wir sitzen bei Tim und sind stolz, glücklich und geschockt. Auf einmal fragt Tim, »Benni, heulst du schon WIEDER?« Er sieht in meine Richtung, ich gucke schnell weg und antworte ihm blöderweise: »Nein, Mann!« Und alle hören meine weinerliche Stimme.

ZITTERLIPPE
FREDRICHSON

»Haha«, lacht Tim, »Zitterlippe Fredrich flennt schon wieder, haha, Zitterlippe. Wir haben einen neuen Namen für dich, so wirst du in die Geschichte eingehen, Zitterlippe Fredrichson.«

Die nächsten Tage verpacken wir wieder – über 700 neue Abos, das dauert mindestens drei Tage. Es ist die schönste Arbeit der Welt, bei jedem einzelnen (also fast jedem) Magazin muss ich an den Leser denken, wie er den C4-Umschlag öffnet, das Cover sieht, im Magazin blättert und sich freut. Ella sieht das auch so, aber leider wird sie Redaktion bald verlassen. Ihr Freund und sie werden nach Frankreich ziehen. Sie fragt zwar, ob sie von dort aus weitermachen kann, aber wir alle wissen, dass das nicht dasselbe ist, dass es keinen Zusammenhalt gibt, dass unsere Aufgaben nicht dezentral funktionieren, dass es einfach nicht geht.

ELLA GEHT, NELE KOMMT NICHT

Dass Ella bald nicht mehr bei Katapult ist, hat sich in der Stadt herumgesprochen. Über Facebook schreibt mich eine Frau an und bewirbt sich. Nele heißt sie. Ich kenne sie flüchtig, nette Person. Wir verabreden uns beim Bäcker, um die Sache zu besprechen. Sie hatte vorher bei der Deutschen Welle gearbeitet, wirkt kompetent, kennt die wichtigsten Zeitungen und ist ganz und gar von Katapult überzeugt. Sehr schön. So einfach kanns gehen, denke ich, und ahne nicht, dass das mein bisher größter Fehler werden wird. Das Treffen endete mit keiner konkreten Zusage, aber doch mit einer gewissen Zuversicht, die ich ausstrahlte, dass die Sache klappen wird, wenn ich erst alles mit Tim besprochen habe.

Als ich Tim noch am gleichen Tag von der tollen Nele erzählen will, unterbricht er mich direkt am Anfang und sagt: »Du weißt schon, dass das die Freundin von Ingo ist, oder?« Mir fällt der Fidget Spinner aus der Hand. WAS? NEIN! Das kann doch nicht sein. Kacke-Ingo ist ihr Freund? Wie geht das denn zusammen? Ich mein, Ella und ich haben Angst vor dem. Ich werd nicht mehr. Das wars. Nele kann hier nicht arbeiten, das geht gar nicht. Was, wenn der sie hier von der Arbeit abholt und wir den dann jeden Tag sehen müssen? Ich breche alles ab. Ich schreibe ihr noch heute, dass es doch nichts wird. Begründung: Wir sind gute Freunde von Kacke-Ingo und wir wollen keine Freunde von Freunden einstellen, das ist immer so ein Kuddelmuddel und am

Ende sind Freundeskreise zerstört oder im Büro klappts nicht, das will doch keiner. Facebook-Nachricht verfasst, abgeschickt, fertig. Puh. Krise abgewendet.

Oh nein, sie schreibt, sie habe den Job fest eingeplant und ihr ganzes Leben schon daraufhin umgestellt (in acht Stunden?) und will ganz dringend mit mir telefonieren. Das wird hart: Ja du, also wir haben da diese Regel, dass wir keine Freunde von Freunden und so. Das Telefonat ist voller Emotionen, aber ich bleibe standhaft. Kingo im Büro, das halte ich nicht aus. Am nächsten Morgen dann die Überraschung. Kingo steht vor den Stadtwerken und will rein. Ich fahre mit dem Rad an ihm vorbei und sach: »Na, Stromrechnung nicht bezahlt?« Er erzählt mir aufgebracht, dass er nicht zu den Stadtwerken will, sondern zu mir! Ich hätte einen sehr großen Fehler gemacht. Das werde nicht ohne Konsequenzen bleiben. Nele sei die Beste, die wir finden könnten, meint er. Besser als Ella und Tim zusammen. Ich solle sie jetzt auf der Stelle einstellen! In diesem Moment wird mir klar, warum die Regel, keine Freunde von Freunden einzustellen, so wichtig ist. Die bloße Tatsache, dass Kingo jetzt bei uns vor der Tür steht und mit mir spricht, ist der beste Beweis. Ich sag Kingo, dass sein Verhalten uns recht gibt. »Unsere Entscheidung steht fest und falls sie nur halb festgestanden hätte, dann hättest du jetzt für die endgültige Entscheidung gesorgt.« Kingo ist außer sich. Aus seinem Mund kommen Wörter, aber keine Sätze. Was ich verstehe, ist, dass Tim und ich auf jeden Fall die peinlichsten Typen Greifswalds sind. Das wisse wohl jeder in der Stadt. Na gut, warum nicht. Ich gehe ins Büro. Das Gute an den Stadtwerken ist, dass hier niemand einfach so reindarf, ohne sich angemeldet zu haben. Hehe.

Ich erzähle Tim und Ella direkt von dem kleinen Vorfall. Wir besprechen die Sache noch und arbeiten dann einfach weiter, was soll man machen. Da kann man nichts machen. Tim kritisiert noch, dass ich Nele nicht ohne Absprache hätte zusagen dürfen, und wir streiten uns etwas darüber, ob ich das wirklich getan habe (habe ich nicht!). Na egal, nun müssen wir das aussitzen. Die werden sich alle schon wieder einkriegen.

Dieser Gedanke war nicht ganz korrekt. Eigentlich war er gar nicht korrekt. Denn als Kingo nach ein paar Tagen Überlegen darauf gekommen ist, dass er ja eigentlich der Grund dafür ist, dass wir seine Freundin nicht einstellen wollen, wird er noch mal richtig bockig. Ich treffe ihn auf der Geburtstagsparty von Fine. Es ist warm, wir feiern im Garten. Ich überreiche Fine feierlich eine Sektflasche, die ich noch bei meinem Mitbewohner unterm Bett gefunden habe. Ich musste sie klauen, weil ich natürlich vergessen hatte, was zu besorgen. Geschenk abgeliefert, sehr gut – hat keiner mitbekommen, dass die Flasche zehn Jahre alt ist. Kingo kommt nach der Geschenkübergabe direkt zu mir und will sich entschuldigen: »Du, Benni, du hast da was falsch verstanden.«
Ich: »Okay. Worum geht's?«
»Ich finde euch nicht doof. Ihr macht tolle Arbeit.«
»Okay.«

»Na weil du doch rumerzählt hast, dass ich euch doof finde.«

»Nee, ich hab den anderen nur erzählt, dass du gesagt hast, dass Tim und ich die peinlichsten Typen Greifswalds sind und dass das jeder hier so sieht. Das hab ich auch nicht falsch verstanden, das hast du wortwörtlich so gesagt.«

Kingo ist mit der guten Absicht zu mir gekommen, die Sache ins Positive zu bringen. Vielleicht hätte ich einfach bei meinem »Okay« bleiben sollen. Doch jetzt rollt er die ganze Geschichte wieder von vorne auf und wird immer aggressiver. Vielleicht ist er auch einfach zu betrunken. Am Ende beschimpft er mich erneut. Ich frage dummerweise noch mal nach, woher er weiß, dass uns alle Greifswalder peinlich finden. »Wie hast du das eigentlich gemessen?« Kingo wird wütend. Ich sage das nicht laut, aber meiner Meinung nach sollten Leute mit nur einer Gehirnhälfte nicht zu viel trinken, man versteht die dann kaum noch.

Unser Gespräch wird von einem Kotzgeräusch unterbrochen. Da hockt jemand vor der Hecke und übergibt sich nicht in die Hecke, sondern auf eine Bierkiste davor. Es ist Nele. Um sie herum drei andere Gäste. Nele hat wohl irgendwas Übles zu sich genommen. Fine ruft in die Runde, wer diesen Sekt mitgebracht hat. Der sei schon seit zehn Jahren abgelaufen. Sie fragt mich, ob das nicht meiner war. Ich guck noch mal genau auf die Flasche und sage: »Nee, meiner war älter, haha.« Nele kotzt ohne Ende. Paul torkelt zu ihr und kann nicht so richtig helfen. Andere Gäste geben Nele etwas Wasser. Sie kotzt immer weiter. Ich erkläre noch mal in kleiner

Runde, dass Sekt eigentlich nicht schlecht werden kann, hab ich mal gehört. Das muss was anderes sein oder die Flasche war nicht richtig verschlossen, das kann natürlich sein. Nele kotzt.

Ich glaub, ich hau langsam mal ab. Ich gehe durch die Gartenein-fahrt auf die Straße und sehe Christian mit einem Mädchen da-stehen, er ist besoffen und erzählt, er könne jetzt auf der Stelle ei-nen doppelten Salto machen. Das Mädchen lehnt eher ab, ist ihr zu gefährlich, der Doppelte. Das ist Christians Startsignal. Er stellt sich auf den Bordstein, geht in die Hocke, holt Schwung (und es sieht nicht aus wie sonst bei seinen Saltos), springt ab. Er springt hoch, aber er dreht sich gar nicht. Er springt und kommt so wieder runter, wie er abgesprungen ist. »Haste gesehn?«, fragt er das Mäd-chen. »Das war der Doppelte Chrischi! Haste gesehn?« Mädchen rollt mit den Augen und haut ab.

PETERSHAGENALLEE

Die drei Monate bei den Stadtwerken sind abgelaufen. Wir müssen raus. Ich schenke den beiden Stadtwerke-Chefs, die entschieden haben, uns aufzunehmen, am Ende einen Blumentopf mit Blume drin. Beide lachen, einer sagt, toll, geb ich an meine Frau weiter. Wir haben diesmal keine Bürosorgen. Ich hatte eine 50-Quadratmeter-Wohnung aufgetrieben und den Mietvertrag bereits unterschrieben. Sie liegt in der Rudolf-Petershagen-Allee. Das ist die beste Straße Greifswalds. Keine andere kann es mit ihr aufnehmen. Hier haben Fahrräder Vorrang vor Autos, denn es ist offiziell eine Fahrradstraße, sagt diesmal sogar Ella. Hier gibt es das Rosmarin, die machen das beste Essen, und vor allem: Diese Straße ist nach der größten Persönlichkeit der gesamten Greifswalder Geschichte benannt – Rudolf Petershagen.

Auf den ersten Blick könnte man denken, dass diese Person nicht sehr sympathisch ist – ein Oberst der Wehrmacht, beteiligt an Offensiven in der Tschechoslowakei, Frankreich und Russland (Stalingrad) und am Ende des Krieges Stadtkommandant von Greifswald. Aber eben auch die Person, die Tausende Menschenleben gerettet hat, nicht nur in Greifswald, sondern höchstwahrscheinlich auch in Stralsund.

Als die Rote Armee Ende April 1945 die Nachbarstadt Anklam einnimmt, ist klar, Greifswald wird als Nächstes folgen. Anklam steht in Flammen, Hunderte Einwohner ertränken sich aus Angst vor den Russen in der Peene. In Greifswald wird es ähnlich ablaufen. Viele Menschen fliehen in Wälder und umliegende Dörfer. Die Verteidigung, die die Wehrmacht unter der Leitung von Petershagen aufbauen kann, ist lächerlich und eigentlich nur darauf ausgelegt, die Stadt zu zerstören, sobald die Verteidigung zusammenbricht (also eigentlich sofort). An Brücken und Kirchen sind Sprengsätze angebracht. Zur Explosion kommt es aber nicht. Petershagen wird von Carl Engel, einem Greifswalder Geschichtsprofessor, der gleichzeitig auch Unirektor und NSDAP-Mitglied ist, gefragt, ob denn die Verteidigung der Stadt wirklich sinnvoll sei. Petershagen hätte Engel auf der Stelle erschießen müssen, wenn er sich strikt an den Wehrmachtsbefehl gehalten hätte. Macht er aber nicht. Stattdessen wird klar, dass Petershagen schon länger überlegt, die Stadt kampflos zu übergeben. Neben Carl Engel treten auch andere Bürger der Stadt an ihn heran. In Greifswald, so wirkt es, ist die Ideologie der NSDAP zumindest jetzt auch unter den Parteimitgliedern gebrochen. Es gab auch in Anklam Versuche, sich zu ergeben. Dort hatten zwei Arbeiter ein weißes Bettlaken an die Nikolaikirche gehängt. Fanatiker der NSDAP entfernten die Flagge, kurz bevor sie selbst aus der Stadt flohen. Anklam wird Ende April 1945 schwer zerstört. Petershagen schickt ein paar Vertreter in die brennende Stadt, um dem sowjetischen Kommandanten ein Kapitulationsangebot zu unterbreiten. Die Russen nehmen das Angebot an, Greifswald wird friedlich übergeben, keine Zerstörung. Petershagen wird per Telefon darüber benachrichtigt, dass ein Todesurteil gegen ihn verhängt wurde. Ein Erschießungskommando der SS ist bereits auf dem Weg zu ihm. Er wird aber nicht mehr erschossen, stattdessen kontaktiert er seinen ehemaligen Kollegen, den Stadtkommandanten von Stralsund, und empfiehlt ihm, seine Stadt ebenfalls kampflos zu übergeben. Es funktioniert. Auch Stralsund bleibt ohne Schusswechsel.

Für mich ist diese Geschichte wichtig. Ich erzähle sie jedem, der nach Greifswald kommt und die Stadt noch nicht kennt. Das Besondere an Petershagen ist nicht, dass er für eine Kapitulation war. Das waren viele zu dieser Zeit. Besonders ist, dass er in seiner Rolle als Stadtkommandant für eine Kapitulation war und schon relativ früh begann, Gleichgesinnte um sich zu sammeln. Im Grunde steht die nach ihm benannte Straße auch nicht nur für ihn, sondern für alle Greifswalder, die ihn überzeugt haben, zu kapitulieren, und eigentlich hätten erschossen werden sollen, es aber nicht wurden. Diese Straße steht für Tausende Bürger der Stadt Greifswald, die heute die Nachfahren derer sind, die infolge eines nicht stattgefundenen Kampfes nicht erschossen wurden und sich nicht umgebracht haben. Das ist MEINE STRASSE!

Wir ziehen um. Ich zeige den anderen das neue Büro. Gutes Gefühl, nicht mehr auf das Wohlwollen anderer angewiesen zu sein. Das ist unser Büro. Wir bezahlen es und niemand bekommt uns hier wieder raus. Eigentlich ist es nur eine Wohnung mit 30-Quadratmeter-Wohnzimmer, kleiner Küche, großem Bad und einem kleinen Abstellraum, mitten in einem Wohnhaus. Ich musste sie privat mieten, weil hier eigentlich keine Firmen reindürfen. Alle sind euphorisch, bis Ella bemerkt: »Das ist ja gar nicht die Petershagenallee!«

Ich denk, wat will sie denn jetzt? Klar ist das die Petershagenallee! Sie meint, es sei die Rathenaustraße, die Petershagenallee ist lediglich auf der Ecke, aber offiziell sind wir in der Rathenaustraße. Ich sag, Ella, du kannst doch jetzt nicht alles kaputt machen, was ist denn schon offiziell? Wir sind hier in der Petershagenallee, nur unsere Anschrift ist die Rathenaustraße, aber wen interessiert das und weißt du, wie lange es dauert, bis ich jetzt hier alle Infos zur großen Greifswalder Persönlichkeit Walther Rathenau aufgeschrieben habe?

Wir bringen also unsere Magazine in unser neues Büro in der Rathenaustraße, Ecke Petershagenallee. Ella nervt den ganzen Tag, weil sie es lustig findet, dass wir nicht in der Petershagenallee sind und ich mich doch so sehr darüber gefreut hatte. Lustig. Wir haben einen neuen Praktikanten, der beim Umzug mithilft. Er heißt Fabian, kommt aus Österreich und wir verstehen ihn schlecht. Er gibt sich Mühe, Hochdeutsch zu reden, aber es klappt nicht. Fabian hat in Amsterdam, London und Graz studiert. Und nun also ein Praktikum in Greifswald. Das passt ja gut in die Reihe. Er ist kräftig und kann sicher gut mit anpacken, dachte ich, bevor er mir erklärt, dass er einen Hexenschuss hat. Ich frag kurz, ob er trotzdem beim Umzug mithelfen kann. Noch bevor er zur Antwort ansetzt, merke ich, dass gleich eine Ausrede kommt, also sage ich schnell: »Sehr gut! Gute Arbeitseinstellung. Wir brauchen dich heute!« Den Trick habe ich mir bei der Bundeswehrgrundausbildung von meinem Oberfeldwebel Kutsche abgeguckt. Fabian macht mit. Nachteil: Bei jeder Bewegung kommt ein »Au« oder ein »Ahh, mein

Rücken«. Ich höre einfach nicht hin und kaufe ihm am Ende noch ein Wärmepflaster, damit das Geheule wenigstens etwas nachlässt, weil das Weghören nicht funktioniert hat. Er bedankt sich. Tim war sowieso gegen einen neuen Praktikanten, weil wir den ja gar nicht kennen. Außerdem sei das derzeitige Team so gut eingespielt – da passen keine Neuen rein.

Wir haben uns schnell eingelebt in unserem neuen Büro in der Rathenaustraße, Ecke Petershagenallee. Das einzig Negative: Ella haut jetzt tatsächlich ab. Der Abschied ist hart. Ich bin eigentlich gar nicht so empathisch, Tim dafür etwas mehr und: Tim ist sozialer als ich. In solchen Momenten tauschen wir aber immer ungewollt die Rollen. Ella und ich flennen. Wir versprechen, dass wir irgendwann wieder zusammenarbeiten werden. Tim ist herzlich, aber cool. Emotionalität: 0,7.

Fünf Arbeitsplätze passen in das neue Büro. Das reicht locker für unser Team. Ich bekomme den besten Platz, am Fenster, Tim sitzt neben der Tür mit Blick auf die Wand – er will es so. Johanna, die Neue, die ab jetzt Ella ersetzt, macht die Aboverwaltung. Sie ist nett und arbeitet gewissenhaft. Also alles wieder beim Alten. Wir sind zu dritt, haben zusätzlich ein bis zwei Praktikanten und ein bis vier freie Schreiber. Tim hat einen neuen Freund gefunden. Fabi, den Praktikanten. Sie machen alles zusammen – feiern, Kneipe, Witze. Tim und Fabi.

MÖBEL RÜCKEN

Kein Nachbar hat ein Problem mit uns, die wenigsten bemerken überhaupt, dass wir hier arbeiten und nicht wohnen. Alles ist perfekt. Bis sich die Hausverwaltung meldet. Die Wohnung soll verkauft werden. Es gebe erste Interessenten, die sich die Wohnung mal angucken wollen. Na toll. Das geht natürlich nicht, dann kommt ja raus, dass ich hier gar nicht wohne. Ich überlege mir, zwei Wochen lang nicht auf die Anfrage zu reagieren, und sage dann einfach, dass ich grade nicht in Greifswald war. Geniale Idee! Am nächsten Tag sieht mich die Hausverwalterin in der Innenstadt – ich gucke schnell weg und schreibe dann aber doch eine Mail und stimme einem Termin zu. Wir besprechen die Sache in der Redaktion. Es geht nicht anders: Wir müssen die gesamte Bude so aussehen lassen, als würde ich hier wohnen, sonst verlieren wir sofort unser Büro, das wäre eine Katastrophe! Es wird aufwendig, aber scheiß drauf. Los gehts!

Wir stellen drei der fünf Tische zusammen und bauen ein Hochbett draus. Matratze drauf, Decken bis zum Boden hängen lassen – fertig. Darunter stopfen wir alles, was nach Büro aussieht. Die anderen beiden Schreibtische bleiben einfach stehen, die Computer werden später von mir als Spiele-PCs deklariert. Die gestapelten Magazine im Abstellraum und im Bad verstecken wir unter einer riesigen Plane. Ich frage unseren Nachbarn, ob er uns für einen Tag ein paar Möbel leihen kann. Ich hatte seiner schwangeren Schwester mal geholfen, von seinem Balkon auf unseren Balkon zu klettern, weil er sie aus Versehen eingeschlossen hatte und sie nicht rauskam. Er kann meine Bitte also nicht ablehnen. Macht er auch nicht. Wir schleppen Tisch, Stühle und Sessel von ihm zu uns rüber. Sieht fast aus wie eine Wohnung. An einigen Stellen legen wir ganz künstlich ein paar Gegenstände hin, damit es ganz natürlich nach Wohnung aussieht. Basketball, Sportschuhe, Gitarre. Das Ergebnis: Es sieht nicht nach Wohnung aus, sondern nach ganz künstlich hingelegt. Meine Mutter bringt noch eine rote Stehlampe vorbei. So könnte es klappen.

Am nächsten Morgen kommt der Besuch: die Hausverwalterin (ganz nett) und die potenziellen Wohnungskäufer (Vollpfosten). Sie gucken sich die Wohnung an und vermuten, dass ich hier wohl noch nicht lange lebe. Scheiße, denke ich, gleich fliegt alles auf! Aber dann reden sie einfach darüber, wie sie hier überall noch Wände einziehen wollen, wenn sie das Ding erst mal gekauft haben. Wände?, denke ich, wieso sollte man in so eine kleine Wohnung noch Wände einziehen? Sie gucken ins Bad und trauen sich nicht, zu fragen, warum da ein riesiger Haufen Irgendwas von einer Plane abgedeckt wird. Ich hätte die Frage auch echt als anmaßend empfunden – das ist schließlich meine Wohnung! Ich lebe schließlich hier und richte mich ein, wie ich es will. Im Abstellraum das Gleiche. Sie wundern sich über die zugegebenermaßen unheimliche Form unter der Plane, aber trauen sich nicht, zu fragen. Mir fällt jetzt ein, dass meine Wohnung gar keinen Schrank hat. Wo bewahre ich eigentlich meine Klamotten auf? Haha, hoppla – ich habe also nur die Sachen, die ich grade anhabe. Hoffe, sie bekommen es nicht mit. Vielleicht haben sie auch zu viel Angst, das anzusprechen. Bei der Verabschiedung bleibt die Hausverwalterin noch kurz bei mir stehen, guckt mich nett an und sagt: »Beim nächsten Mal geht das aber schneller mit dem Termin, oder?«

Okay, wir haben bestanden. Die Hausverwaltung hat nichts bemerkt. Ich rufe Johanna und Tim an. Sie warten im Rosmarin gegenüber auf mein Signal. Jetzt können wir alles wieder zurückbauen. Aufbauen dauert etwa einen Tag, abbauen etwa einen halben. Es ist nervig, aber das sind Bürojobs ja manchmal.

Wir bekommen eine neue Praktikantin. Sie heißt Mira, kann Grafiken erstellen und stopft Vögel aus. Stopft Vögel aus? Ja genau. »Ist das erlaubt?«, fragt Johanna. Nee, antwortet Mira. Aber sie sammelt die toten Tiere immer am Straßenrand auf, das könne niemanden stören. Leider kommt sie mittags nie mit uns essen, was ich etwas asozial finde. Dann bemerke ich, dass sie, während wir essen gehen, immer unsere Schokoladenvorräte im Büro futtert. Am liebsten isst sie Nuss-Nougat-Hörnchen von »Gut & Günstig« zum Mittag. Alter! Das geht doch nicht. Jetzt schnalle ich erst, dass sie sich das Essen gar nicht leisten kann. Ich biete ihr an, dass wir ihr das Mittag bezahlen. Sie lehnt ab und gibt sich ganz zufrieden. Mehr brauche sie nicht. Nur Nuss-Nougat-Hörnchen? Das reicht doch nicht. Was kann man da machen, denke ich, kurz bevor ich angerufen werde. Die Hausverwalterin. Sie hat noch einen zweiten Interessenten und will schnell rumkommen. Ich glaubs nicht, was ist das denn für ein Mist! Wir haben die Bude vor zwei Minuten grade erst wieder zurückgebaut und jetzt kommt die Olle (wirklich nett) von der Hausverwaltung schon wieder? Ich lehne ab. Mir gehe es nicht so gut. Sie beharrt darauf, morgen vorbeikommen zu wollen. Okay. Alles noch mal: Tische umräumen, Möbel vom Nachbarn holen, Magazine abdecken, Sachen künstlich platzieren, über den Rest eine Plane.

FÜHL MICH WIE RUDOLF PETERSHAGEN

Wir zahlen uns derzeit 900 Euro Gehalt aus. Ich bekomme noch mein Stipendium und brauche solange kein Geld von Katapult. Das ist natürlich wenig, aber die Entwicklung ist steil, wir brauchen keine Sorgen zu haben – ich jedenfalls nicht und die andern beiden auch nicht, glaube ich. Ich bekomme eine Mail, die alles Bisherige verändern soll. Eine Mail, die unser gesamtes Dasein verändern wird:

Liebe Redaktion von Katapult,
vor kurzem habe ich mich verpflichtet, Ihre Arbeit durch die Zahlung
von monatlich 50 € zu unterstützen. Das sollte – wie Sie unter
»Unterstützen« schreiben – zur Folge haben, bei Ihnen im Impressum als
»Unterstützer« genannt zu werden.
Ich komme heute deshalb darauf zurück, weil ich denke, dass das schon
deshalb eine gute Idee ist, weil das zeigen würde, dass Ihr »Angebot«
wahrgenommen wird und so leichter Nachahmer findet.
Zum anderen möchte ich mit Ihnen ins Gespräch kommen, ob und was
ich ggf. darüber hinaus tun kann.
Mit freundlichen Grüßen
Axel Rütters

50 Euro im Monat. Fett! Das unterstützt uns tatsächlich enorm. Aber was soll heißen »ob und was ich ggf. darüber hinaus tun kann«? Soll er doch einfach 100 Euro spenden, das wären dann 50 Euro über die bisherigen 50 Euro hinaus. Bin gespannt, was

der Typ von uns will. Als Erstes kündigt er an, dass seine Freunde (etwa sechs) auch 50 Euro im Monat spenden wollen, und das machen sie dann tatsächlich auch. Wollen die uns wirklich helfen? Will er sich einfach nur aufspielen und zeigen, dass er und seine Freunde superreich sind? Oder will er uns kaufen? Ich muss es herausfinden, denn er wirkt nicht wie ein schlimmer Finanzhai. Es folgen Mails, die immer länger werden. Zusammenfassung: Herr Rütters hat mal bei Suhrkamp als Lektor gearbeitet. Danach hat er die Europäische Verlagsanstalt, kurz EVA, gegründet und Lizenzen für philosophische Schriften gekauft. Hört sich gut an. Was er wirklich will, weiß ich aber immer noch nicht. So richtig rückt er mit der Sprache auch nicht raus. Ich bekomme mit, dass er mit der Familie Otto (die mit dem Otto-Katalog) bekannt ist. Das ist eine der reichsten Familien Deutschlands und, so meint Rütters, auch die sei sehr von Katapult angetan. Einer von den Ottos sendet uns 50 Euro pro Monat – schön. Wir verabreden uns. Ich fahre mit unserem alten Passat nach Hamburg-Poppenbüttel, um Herrn Rütters kennenzulernen.

Dann steht er da mit seinem dünnen, schwachen Körper. Ein netter, greiser Mann, der in einer Bürogemeinschaft arbeitet. In einer Bürogemeinschaft? Was soll das, wenn man reich ist? Er scheint kognitiv noch ganz fit, auch wenn er zwischendurch immer wirre Aussagen in seine Erklärungen einflicht. Was ich noch immer nicht entschlüsseln kann, ist seine Absicht, seine Motivation. Was will er wirklich? Er sagt, dass er uns helfen will, aber das kann ja jeder sagen. Wir gehen mit zwei seiner Mitarbeiterinnen zum

Italiener. Mir gegenüber sitzt seine Sekretärin. Eine steife Frau. Merkwürdig geschminkt. Sagt kein Wort. Mach dich DOCH MAL LOCKER, denke ich so in mich rein. Aber sie reagiert einfach nicht. Dann kann ich ihr auch nicht helfen. Herr Rütters isst nur noch Salat, er mag keine »schweren Speisen« mehr zu sich nehmen. Das ist einer der Momente, in denen ich wirklich glaube, dass der Typ sein Geld noch schnell uneigennützig anlegen will und wirklich kein Finanzharry ist. Aber dann kommen auch wieder Aussagen wie: »Wir machen da ein richtiges Business draus.« Er spricht das Wort deutsch aus. Sympathisch: Bu-sie-näss. Trotzdem, der Satz ist ekelhaft. Erstens will ich gar kein Busienäss machen und zweitens setzt der Satz voraus, dass er denkt, wir würden dort in Greifswald nur rumeiern und er kommt jetzt und bringt da richtig Bumms (im Sinne von Busienäss) in die Bude. Das Wort, das am häufigsten fällt, ist »Million«. Hier werden Geldangaben nicht unter einer Million gemacht. Alle seine Projekte sind groß, millionengroß. Ich verstehe, der macht keine kleinen Sachen. Alles klar.

Sein Sohn Tilman kommt verspätet dazu. Jetzt verstehe ich etwas mehr. Da ist er – der glatte BWLer, den ich in dieser Runde erwartet hatte. Busienäss wird jetzt mit Mensch gefüllt. Er ist selbstverliebt und hat die Ausstrahlung eines kaputten Atomkraftwerks. Er bespricht sich kurz mit seinem Vater. Es geht um ein Stadtviertel, dass sie grade bauen lassen. »Philosophenviertel« wollen sie es nennen. Er zeigt mir Pläne und ich erkenne das Philosophische an der ganzen Sache nicht. Sieht einfach aus wie jedes andere geschmacklose Großprojekt von Leuten, die zu viel Geld haben. Tilman spricht Business perfekt US-amerikanisch aus (unsympathisch) und schmeißt auch gleich noch ein paar weitere BWL-Knalltütenbegriffe in meine Richtung: Unique Selling Point, Break-even-Point ... Ich beantworte die Kacke, nutze aber deutsche Wörter. Mir wird klar, wenn das der Erbe des greisen Rütters ist, brauchen wir hier gar nicht weiterzureden. Ich fühle mich wie Rudolf Petershagen, der verwundet aus Stalingrad kommt, das Gesamtprojekt bereits ablehnt und es noch nicht schafft, damit zu brechen.

Wir gehen zurück ins Büro. Rütters packt jetzt endlich richtig aus. Was er eigentlich will, ist: dass jemand seinen Verlag übernimmt. Was? Große Überraschung. Er will nicht Katapult unterstützen, er will, dass wir ihn unterstützen. Wow. Ich soll einen Plan entwerfen, wie die EVA und Katapult zusammenarbeiten könnten. Wie eine Dachgesellschaft aussehen könnte und wie viel Geld wir brauchen, um die EVA ins Digitale zu übertragen. Am Ende wären EVA und Katapult irgendwie eins und ich finde die Vorstellung gar nicht so schlecht. Ein Kartenmagazin, das gleichzeitig auch philosophische Schriften herausgibt. Warum nicht?

Es gibt insgesamt noch zwei weitere Treffen, in denen immer mehr Details geklärt werden, bis ich letztendlich den Finanzplan aufschreibe. Ich »rechne« aus, dass wir 2,6 Millionen Euro brauchen, um beide Verlage so richtig nach vorne zu bringen. Wir würden dadurch unsere prekären Gehälter auf einen Schlag vervierfachen.

Katapult hat in diesem Moment einen Umsatz von etwa 180.000 Euro, klingt viel, ist es aber nicht. Rütters antwortet einen Tag später und lehnt meinen Finanzplan komplett ab. 2,6 Millionen seien dermaßen zu viel, dass er gar nicht wisse, wie wir das jetzt überhaupt noch klären könnten. Mir wird klar, dass ich veräppelt wurde. In unseren Gesprächen prahlt Rütters mit Projekten über 300 Millionen Euro und jetzt sollen wir seinen angestaubten Verlag für lau ins Internet hieven. Ich schicke meine letzte Mail an den reichen Mann aus Hamburg: »Okay.«

Johanna und Tim wissen noch nichts davon. Sie hoffen immer noch, dass wir bald keine Geldsorgen mehr haben. Als ich es ihnen erzähle, sind sie kaum überrascht. Sie waren beide anscheinend sowieso nicht so ganz davon ausgegangen, dass es klappt, und hatten es auch nicht so gehofft, wie ich dachte. Komisch. Das ist einerseits überraschend pessimistisch, aber jetzt ist es überraschend angenehm, denn beide haben überhaupt kein Problem damit, einfach so weiterzumachen wie gehabt. Johanna sagt lächelnd einen Satz, der mich noch zwei Wochen begleiten wird: »Dann werden wir eben später reich.« Alles sehr merkwürdig. Ich hatte mit der großen Gruppentrauer gerechnet und stattdessen sind die beiden ganz entspannt. Tim hatte zudem die Sorge, dass wir hier bald ein paar fremde Leute aus Hamburg mit im Boot hätten, die würden wir ja gar nicht kennen und sowieso seien wir ein gut eingespieltes Team. So oft Tim mit diesem Satz falsch lag, in diesem Moment wird mir klar, dass meine stets offene Haltung gegenüber Neuen und Neuem nicht immer gut ist. Wir müssen gut überlegen, mit

wem wir zusammenarbeiten wollen, und ja, man kann ein gut eingespieltes Team auch kaputt machen. Wäre BWL-Tilman wirklich
irgendwann auch nur in irgendeiner Weise in unser Unternehmen
gekommen, ich hätte alles hingeworfen und n Hundezuchtverein
aufgemacht!

ADOLF-PREIS

Wir sitzen an der neuen Ausgabe. Mail kommt rein. Wer ist am Apparat? Der Bayerische Printmedienpreis. Er schreibt »Lieber Benjamin Frettrich«. FRETTRICH? »Wir wünschen uns, dass Sie sich mal bei uns bewerben.« Wir sollen ihnen mal eine schöne Mappe und jeweils zehn Exemplare unserer letzten drei Ausgaben schicken, weil wir wohl sehr gute Chancen auf ihren geilen Preis hätten, weil da irgendwie alle voll auf uns abfahren und da auch Medien aus anderen Bundesländern mitmachen dürfen. Okay, denken wir, hört sich irgendwie anstrengend an, aber warum nicht? Preise sind eigentlich nicht mein Ding, aber wenn die uns so sehr loben, fällt es mir immer schwer, abzusagen. Das hab ich wohl Frau Bronikowski zu verdanken. Also los. Dreißig Magazine einpacken, Selbstbeschreibung über Katapult schreiben und abschicken, fertig. Es kommen noch insgesamt drei Nachfragen per Mail, bis die Bewerbung so richtig sattelfest ist. Mal gucken, was passiert.

Nach einem Monat das große Ergebnis. Also wie gesagt, der Preis ist nicht nur für bayerische Medien, es sollen ausdrücklich auch welche mitmachen, die nicht aus Bayern sind, und das sind wir ja. Die Entscheidung der Jury erreicht uns per Mail. Katapult ist auf Platz vier. Wie viele haben mitgemacht? Vier. Wer ist vor uns? Drei Verlage aus Bayern. Was ist das denn fürn Weißwurstsalat? Die fragen uns, ob wir mitmachen, weil die uns total toll finden und auch unbedingt nicht nur bayerische Medien teilnehmen sollen, und dann kommen wir als einzige Nichtbayern auf den letzten Platz.

Na gut, das machen wir nie wieder. Hätten wir uns von selbst beworben, okay, aber auf diese Weise wirkt das Ganze dann doch eher so, als bräuchten die nur noch nen Verlierer, der nicht aus Bayern ist. Egal, so einen Scheiß machen wir nie wieder mit. Das ist klar.

Irgendwann später noch mal die gleiche Geschichte: »Lieber Herr Friedrich!« – FRIEDRICH? Ist das Schröder aus meiner Parallelklasse? – »Wir freuen uns, Ihnen mitteilen zu dürfen, dass Sie für den Lead Award nominiert worden sind.« – Lead Award, denke ich, schon wieder ein Preis, hab ich keinen Bock mehr drauf, außerdem kenne ich den gar nicht. Na gut, dann recherchier ich doch mal. Frage in der Redaktion nach, was das ist. Tim kennt es und meint, das Ding ist voll anerkannt und in Hamburg. Außerdem futtern die da das beste Essen. Ist n Argument, aber ein Benjamin Friedichs bleibt in solchen Situationen erst mal skeptisch. Hamburch, denke ich dazu noch, das ist doch auch nur so ne Stadt. Wat sacht Google? Der Lead Award ist einer der anerkanntesten deutschen Medienpreise. Die besten Medienmacher Deutschlands zeichnen die zukünftigen besten Medienmacher Deutschlands aus. Sehr schön. Aber ich wäre nicht Medienmacher Benjamin Frädrichs, wenn ich nicht weiterforschen würde. Wer hat den Preis denn bisher so gewonnen? Zeit (gut), Süddeutsche (stark), Tagesspiegel (okay) und dann noch Bunte (hä?) und Bild am Sonntag (bidde?). Wie geht das denn zusammen?

Ich muss mich vertan haben. Wofür sollten Bunte und Bams denn Preise bekommen? Ich, Benjamin Fräderig, werde doch sicher nicht für einen Preis nominiert, den auch schon die Bild bekommen hat. Finde das Urteil der Jury im Netz: Die Chefredakteurin der Bams, Marion Horn, habe »einen neuen Ton in den Boulevard gebracht und aus der BamS eine relevante, ernstzunehmende Zeitung gemacht«. Muss den Satz dreimal lesen, bis ich ihn verstehe. Da steht, Horn habe die Bams zu einer ernstzunehmenden Zeitung gemacht. Sind die komplett bescheuert? Das schreibt die Jury eines der anerkanntesten deutschen Medienpreise? So was könnt ihr mir, Benjamin Fähnrich, doch nicht anbieten! Na gut, vielleicht vertue ich mich ja und die Bams ist viel besser als die normale Bild. Lese Wikipedia-Eintrag zur Bams. Finde raus, die Bild am Sonntag wurde vom Deutschen Presserat mehrfach gerügt. Warum das denn? Gegen Achtung der Menschenwürde verstoßen, Schutz der Persönlichkeitsrechte verletzt und auch Diskriminierung – ganz normal. Verantwortlich war immer die Chefredakteurin Marion Horn. Der Ollen gebt ihr den Lead Award und jetzt soll ich den gleichen Preis bekommen? Puh, jeder weiß, dass ich Benjamin Fridolin heiße und das nicht gut finde. Beruhige mich wieder. Sollen die doch machen, was sie wollen. Lese aus Neugier noch schnell, wie der Preis finanziert wird. Ergebnis: Wird von Großverlagen (toll!) und der Porsche AG finanziert. Beunruhige mich wieder. Suche Steigerung von »scheiße«. Finde keine. Großverlage geben sich selbst Preise. Leute, ihr seid scheiße.

Der Lead Award ist ein Preis für Leute, die die Menschenwürde missachten und sich von Porsche das Geld quer reinschieben lassen – Glückwunsch! Wenn die Porsche AG der Bild gerne einen

Preis geben will, finde ich das nicht mal überraschend. Aber was haben Zeit und Süddeutsche da verloren? Zusammen mit der Bild und Porsche auf einer Bühne – das ist ein Fehler. Raus da!

Wer kommt als Nächstes? Der Grimmepreis. Und alles noch mal: Wir sind nominiert. Es wäre ganz ganz toll, wenn wir eine Selbstbeschreibung, ein Video und viele Magazine schicken könnten. Ich fall ins Wachkoma, ist das langweilig. Tim meint zwar, also den Grimmepreis würde er jetzt nicht direkt ablehnen, der sei ernstzunehmen und gutes Essen hätten die auch, aber ich bin schon lange am anderen Ufer. Preise stinken! Nicht nur vom Preis her, diese ganze Anbiederung an irgendeine Jury, die man gar nicht kennt, die ganze Finanzierung über irgendwelche beknackten Konzerne, die ganzen Leute, die sich gegenseitig loben wollen, was ihnen am Ende nicht mal ausreicht, nein, sie wollen sich jetzt auch noch in aller Öffentlichkeit loben. Guck mal, der da hinten hat gesagt, ich bin gut. Wow, guckt alle mal! Ich bin dermaßen von Preisen abgefuckt, dass ich ab jetzt alle ablehne. Im Sport ist die Sache einfacher, beim 1.500-Meter-Lauf gibt es messbare Ergebnisse. Wer zuerst ins Ziel läuft, gewinnt. Wer abkürzt, wird disqualifiziert. Diese zwei einfachen Regeln gibt es bei Medienpreisen nicht und deshalb sind sie sinnlos, großer Müll, schöne Scheiße, kunstvoll formuliertes Nichts. Mehr nicht.

Und weil Preise alle Müll sind, gründe ich selbst einen schönen Katapult-Preis, den »Adolf-Preis«, in Anlehnung an einen ganz großen Politiker, den wirklich jeder kennt – Adolf Grimme. Der

Typ war so cool, dass auch sein Vorname zu einem Preis verwurstet werden muss, finde ich! Er ist sehr wertvoll, schön und ansehnlich. Ihr braucht euch aber nicht zu bewerben und schlimm bei uns anbiedern. Denn wozu müssen sich Medien um Medienpreise bewerben? MEDIEN SIND SOWIESO ÖFFENTLICH, IHR SPACKOS! Also, wir vom Adolf-Preis wollen das alles nicht. Wir suchen euch selbst aus. Das hohe Gremium des Adolfs-Preises (ich) hat zudem entschieden, dass der Adolf-Preis mit insgesamt genau 18,88 Euro dotiert ist, oder was solls, sagen wir 5.000 Euro. Es gibt insgesamt drei Platzierungen, wir (also ich) sagen aber nicht, wer auf welchem Platz liegt. Das geheime Gremium (ich + x) erhöht die Preisgelder noch mal auf 6.000 Euro, damit es einfacher durch drei teilbar ist. Es gibt also am Ende drei Gewinner, von denen keiner weiß, auf welchem Platz er genau ist. Jeder bekommt 2.000 Euro für seine tolle journalistische oder auch gemeinnützige Arbeit. Die Gewinner brauchen danach auch nicht zu einer peinlichen Preisverleihung zu fahren und sich volllaufen lassen. Wir (also ich jetzt) brauchen nur die Kontoverbindung und dann wird die Adolf-Preis-Sekretärin (ich) den Kontrollvorstand (auch ich) informieren und die Daten an die Finanzabteilung (mich) schicken, von wo aus es dann einfach überwiesen wird. Die offizielle Internetseite des Adolf-Preises ist www.adolf-preis.de.

Okay, das wäre geklärt. Wenn ich aber schon mal dabei bin, gründe ich auch direkt noch einen Negativpreis, den Julian-St.-Reichelt-Preis. Gekürt werden besonders schlechte journalistische Leistungen. Der Streichelt-Preis ist mit minus 2.000 Euro dotiert. Es gibt nur einen

Gewinner. Die minus 2.000 Euro schicke ich unaufgefordert als Rechnung per Post zu. Ob die Rechnung bezahlt wird, entscheidet der Preisträger selbst. Wenn ja, wird das Geld direkt an den Deutschen Presserat weitergeleitet.

DR. NORDEN VÖGELT AUCH VIEL RUM

Sagt die eine, »Hier, musste liken die Seite.« Sagt der andere: »Hab ich schon längst.« Diese Diskussion über Katapult hab ich auf Facebook gefunden und weil ich ein genialer Statistiker bin, vermute ich, dass alle Gespräche über Katapult so ablaufen. Wir sind also berühmt geworden und das auch ganz ohne irgendeinen Preis. Dachte ich zunächst. Dann treffe ich Frau Hase im Netto. Sie sagt: »Na Benni, lang nicht mehr gesehen, arbeitest du noch im Kernkraftwerk?« Ich antworte: »Kernkraftwerk? Nein nein, noch nie! Ich mache bei einem Magazin mit, das heißt Katapult und hat ausschließlich Karten und Grafiken.« Frau Hase guckt skeptisch. Was erzählt der dünne Junge nur? Er war doch jetzt schon über zehn Jahre im Kernkraftwerk und nun macht er ein Magazin? »Na gut, Benni«, sagt sie, »hättest du mal in der Schule besser aufgepasst, dann wär dir der Job im Kernkraftwerk sicher gewesen.« Na gut, denke ich zurück, da hat sie recht. Danach fällt mir auf: Wir sind doch nicht so berühmt wie gedacht, also müssen wir noch mehr Werbung machen. Warum nicht auf der zweiten großen deutschen Buchmesse? Kurz darauf sind wir das erste Mal auf der Frankfurter Buchmesse und auch dort bestätigt sich: Niemand kennt uns. Die Besucher sind etwas kühler als in Leipzig, fetzen sich aber schön weg, wenn sie sich unsere Postkarten angucken, und dann noch mal, wenn wir ihnen sagen, dass die kostenlos sind. Unsere Nachbarn sind vom Kelter-Verlag, wir kennen die nicht. Was wir nicht wussten: Das sind supersympathische Leute, die uns hier und da aushelfen. Deren Bücher sind auch genial! Das sind die Könige der Arztromane, also nicht irgendwelche Spinner-Arztromane, die haben die richtigen Knaller im Angebot: Dr. Norden, Notarzt Dr. Winter, Dr. Sonntag, Der Arzt vom Tegernsee, Der neue Landdoktor, Dr. Laurin, Professor Hartwig, Der neue Doktor Laurin und natürlich auch noch Die neue Praxis von Dr. Norden. Der Einzige, den sie nicht haben, ist Dr. Stefan Frank, der Arzt, dem die Frauen vertrauen. Der Untertitel ballert natürlich jeder Nonne ein Lächeln in die Visage, aber Vorsicht: Dr. Norden vögelt auch viel rum und ist deutlich erfolgreicher als Stefan Frank. Wer jetzt denkt, der Kelter-Verlag ruhe sich auf diesem Erfolg aus, liegt falsch. Denn da kommen noch mehr Brecher: Der Bergpfarrer und natürlich auch Toni, der Hüttenwirt. Das Wichtigste aber ist: Die Verleger sind unfassbar sympathisch, sehr nette Buchmessennachbarn. Wir tauschen Hefte gegen Bücher und der etwa 60-jährige Verleger sagt: »Ich geb Ihnen mal Dr. Norden, der ist echt gut, ach, kennen Sie gar nicht? Nanu?! Jaja, wir sind wie McDonald's, da geht ja auch keiner hin, wenn Sie verstehen, was ich meine.«

Ein paar Meter weiter ist übrigens der Cicero-Stand. Die machen bestimmt grad Sektempfang mit AfD-Politikern, sagt Ella, die uns ein paar Tage auf der Messe besucht. Die drehen total durch. Gut, dass das nicht unsere Nachbarn sind, sagt sie, und fügt noch an: »Da ist ja voll der Kelch an uns vorbeigerollt.« Stattdessen ist direkt neben uns noch der nette Stand vom Deutschlandfunk, der abends immer von einer 68-jährigen Security-Frau bewacht wird, die in ihrem kleinen Kabuff sitzt wie eine Pilotin, die Ausschau nach der Landebahn hält. Gleich am ersten Abend bändelt Tim mit ihr an und sie packt ihre besten Geschichten aus. »Hier muss man richtig aufpassen, nachts klauen sogar die Schlipsträger hier überall Bücher. Aber keine Sorge, mein Bester. Ich pass schön auf euren Stand auf, versprochen«, sagt sie zum Schluss. Dass Tim sofort engen Kontakt zu ihr hat, ist keine Überraschung. Alle Frauen ab 55 stehen auf Tim. Er spendiert der Dame einen Cocktail, den er kostenlos am Stand des Börsenvereins des deutschen Buchhandels abgegriffen hat. Irgendwann spielen sich die beiden richtig ein und holen sich gegenseitig Cocktails.

Am zweiten Abend sind es direkt ein paar Cocktails zu viel für Tim. Wir haken ihn unter und fahren zu Ellas Mutter. Sie hatte uns angeboten, bei ihr zu übernachten, weil sie gleich auf der anderen Rheinseite wohnt. Ella schläft in ihrem alten Kinderbett und Tim aufm Fußboden, wie sich das gehört. Nachts reißt irgendjemand im Bad besoffen die Gardine samt Stange von der Wand. Die ganze Halterung geht dabei kaputt. Am Morgen kommt Ellas Mutter zu uns und fragt, was denn da im Bad passiert sei. Wir vier gucken uns an und keiner gibt zu, dass er da was kaputt gemacht hat. Ellas Mutter ist megaenttäuscht von uns. Im Auto sitzt Tim schweigend neben mir. Was ist denn los?, frag ich.

»Ich wars.«

»Was?«

»Das mit der Gardinenstange. Ich wars.«

»Ey, warum hast du denn nichts gesagt?«

»Hatte total den Filmriss und mir ist das erst wieder eingefallen, als Ellas Muddi davon anfing, und dann wars irgendwie zu spät.

Ich war auch genau genommen nicht alleine schuld daran, der Börsenverein hat mindestens genauso viel Schuld, warum machen die auch ne Cocktail-Happy-Hour? Darauf muss ich ja reinfallen und irgendwo eine Gardine abreißen – das ist ja fast zwingend. Die haben mich da eindeutig in die Rolle des Gardinenabreißers reingedrängt.«

»Na ja«, sag ich zu Tim. »Ellas Mutti ist jetzt jedenfalls richtig sauer auf uns und das zu Recht. Wir kaufen heute den größten Blumenstrauß von Mainz und entschuldigen uns bei ihr!«

»Gute Idee«, sagt Tim.

Am nächsten Tag gehts so weiter, wie Frau Hase es mir bescheinigt hatte. Niemand kennt uns, wir könnten auch Kernkraftwerksmitarbeiter sein. Dann kommt ein Typ, der vielleicht nur ein paar Jahre älter ist als ich, und sagt: »Tolles Magazin!«

»Danke«, sage ich, und bevor ich anfangen kann zu erzählen, schiebt er noch nach:

»Habt ihr schon mal ein Buch in der Art veröffentlicht?«

»Nee«, sag ich, »wir haben schon mehrere Ideen für Bücher, aber bisher fehlten dafür die Zeit und ein Buchverlag.«

»Super«, sagt der Typ. »Ich bin Robert Schneiderhahn vom Verlag Hoffmann und Campe. Wir sollten unbedingt mal besprechen, ob wir nicht ein Buch zusammen machen wollen.«

Er lässt seine Visitenkarte da und ist am Ende ganz begeistert von seiner Buchidee, die wir vorher schon lange hatten. Nach der Messe ruft er direkt an. Seine Chefin sei wohl auch begeistert von der Idee. Wir sollen doch mal einen Vorschlag für den

Inhalt machen, es soll aber alles so ähnlich wie das Magazin aussehen und er braucht auch direkt noch ein paar Covervorschläge und ein Konzept. Was haben die Leute immer mit ihren Konzepten?

LUHMANN MACHT PRAKTIKUM BEI UNS

Wir bekommen einen neuen Praktikanten. Ich bin etwas skeptisch, ob wir wirklich einen neuen Praktikanten brauchen, vielleicht sollten wir erst mal an unser bestehendes Team denken. Tim stimmt mir nicht zu. Er will den Praktikanten. Bidde?!

Sebastian, will Baster genannt werden, unscheinbares Auftreten, unsympathisch bis mittelsympathisch, flucht wie ein Rummelboxer. Er trägt Klamotten, als wären sie ihm egal. Interessiert mich aber nicht. Ich gebe ihm eine erste Aufgabe, drücke ihm eine Kiste mit 550 losen Zetteln in die Hand und sage: »Die müssen wir heute noch sortieren, aber keine Angst, das machen wir zusammen.« Ich drehe mich weg, gehe aufs Klo. Noch während ich auf dem Weg zum Klo bin, fragt er zurück: »Nach Monaten?« Ich antworte im Weggehen, »Ja, nach Monaten.« Als ich vom Klo zurückkomme, denk ich, wat is denn hier los?! Der Typ hat einen Tisch freigeräumt, sich ein System mit kleinen Zetteln gebaut und bereits die Hälfte aller Rechnungen zugeordnet. Und dabei war ich nur kurz schiffen. Er sortiert in einer enormen Geschwindigkeit. Das habe ich noch nicht gesehen! Was für eine Motivation für so eine Scheißaufgabe! Ich gehe zu ihm und sage: »Ich mach dann mal mit.« Er antwortet: »Nee, lass ma, bin gleich fertig. Geht schneller so.« Doll. Was ich von einem Praktikanten in dieser Situation erwarte, ist, dass er in meiner Klopause einfach auf seinem Platz wartet, bis ich wieder da bin und ihm erkläre, nach welchem Prinzip wir das jetzt alles machen, und dieser Typ hier baut sich in drei Minuten ein groß angelegtes Zettel- und Kastensystem mit Beschriftungen und packt wie ein Irrer die Blätter hin und her? Hinter seinem Ohr klemmt ein gelber Textmarker. Überlege, ihn Luhmann zu nennen, aber er will nicht so genannt werden, weil er Luhmann schlimm findet. Schade. Trotzdem guter Mann. Ich weiß jetzt, wer sympathisch ist und unbedingt bei uns bleiben muss. Coole Klamotten trägt er auch!

In den folgenden Wochen wird klar, was für eine Sau Baster ist. Er kann ein Geoinformationssystem namens QGIS bedienen, recherchiert extrem sauber und hat in vier Tagen unser Grafikprogramm gelernt – nur das Fluchen nervt. Ich spreche ihn darauf an: »Du, Baster, dieses Fluchen im Büro, das zieht mich immer etwas runter. Ich hab die Wörter dann den ganzen Tag in meinem Kopf und werde sie nicht mehr los.« Was antwortet er? »Ach so, ja, kein Problem, dann hör ich damit auf.« Was? Kein Problem? Dann hört er damit auf? Ist das eine Maschine oder was?! Ich sage ihm ein Problem, für das er ein anscheinend lange eingeübtes Verhalten ändern muss, und er will das einfach machen? Das schafft der nie. Das geht nicht so einfach. Er wird sich am Ende zwar Mühe geben, aber es dann doch nicht schaffen, so wie ich mit meinem Räuspern. Aber der Typ will es jetzt einfach sein lassen. Hehe. Keine Chance, schafft er nicht. Niemals. Um ganz sicherzugehen, zähle ich die kommenden Tage mit, wie oft er noch flucht, und dann sage ich ihm die Zahl und wie peinlich es war, einfach ganz locker zu sagen, dass er jetzt »dann aufhört damit«. Nach zwei Wochen höre ich auf zu zählen, weil ich gar nicht erst anfangen konnte. Er hat nie wieder geflucht. Ich ärger mich! Nach zwei Monaten frage ich Baster, ob er nicht bleiben will, wir könnten es grade so schaffen, einen weiteren Redakteur zu finanzieren. Er sagt sofort zu. Ich hatte eigentlich daran gezweifelt, dass Tim und ich noch mal so perfekt ergänzt werden.

Wir arbeiten ein Jahr in dem Büro in der Petershagenallee. Baster, Tim, Johanna, ich und immer ein Praktikant. Manchmal bringen meine Eltern Berta vorbei, aber ihr ist die Bude zu klein, sie will draußen spielen. Wir wachsen enorm in diesem Jahr und werden finanziell stabiler. Mir fällt auf, wir brauchen mehr Personal! Das heißt auch, unser Büro ist zu klein. Tim ist nicht dagegen, aber er hat Sorgen, ob wir das finanziell schaffen, Baster auch. Ich nicht. Ich bin überzeugt, dass wir zwei neue Grafiker finanzieren können. Das eigentliche Problem ist unser Büro. Ich muss eins auftreiben, das größer ist als 80 Quadratmeter. Dann schaffen wir das locker. Bisher haben wir 350 Euro Miete gezahlt, das neue Büro sollte nicht teurer sein als 800.

Ich gucke mir nacheinander zwei schlimme Wohnungen mit schlimmen Vermietern an. Woran erkennt man einen schlechten Vermieter? Er wohnt um die Ecke. Vermieter haben meiner Meinung nach südlich vom Südpol zu wohnen. Ich schreibe den Greifswalder Oberbürgermeister bei Facebook an. Er antwortet noch in derselben Nacht (so hab ich mir das in Greifswald immer vorgestellt) und verkuppelt mich mit Wolfgang Blank. Der könne mir helfen. Zwei Tage später haben wir ein neues Büro. Wir bleiben sogar in derselben Straße, der Walther-Rathenau-Straße, jetzt sitzen wir aber schräg gegenüber von der Petershagenallee. Der Umzug kostet einen Euro, wir machen ihn mit zwei ausgeborgten Einkaufswagen von Obi – einen bringen wir wieder zurück.

DRÜCK MAL AUF RUNTER!

Das neue Büro ist groß und toll, aber irgendwas stimmt nicht, ich fühle mich unwohl. Ella ist jetzt schon seit einem Jahr nicht mehr da. Baster ist dafür dazugekommen und Johanna, die vor allem die Aboverwaltung übernommen hat. Wir sind also wieder zu viert und es könnte alles ganz toll sein. Ist es aber nicht. Die Stimmung ist höchstens mittel bis schwankend zwischen mittel und gut, aber nie sehr gut. Das macht auf Dauer keinen Spaß. Der Grund: Johanna. Sie ist launisch und ignoriert immer öfter meine Fragen. Sie zieht morgens ein Gesicht, dass man kaum Lust hat, überhaupt »Hallo« zu sagen. Das Schlimmste aber ist, dass es dann am Folgetag immer wieder ganz nett ist. Sie wechselt also täglich zwischen schlechter und guter Laune und das macht die Sache enorm schwer. Wenn wir über einen Witz lachen, kann es sein, dass Johanna komplett teilnahmslos danebensitzt und zwar zuhört, aber keine Miene verzieht. Das ist hart und vor allem haben wir irgendwann keinen Bock mehr, Witze zu machen. Jemandem, der dauerscheiße ist, kann man schnell sagen, dass das so nicht geht und wir so nicht arbeiten können. Das Hin und Her von Johanna allerdings macht die Sache viel unangenehmer, weil man sich über die guten Momente auch immer wieder freut.

Bisher hatte ich immer gehofft, dass Katapult kein normaler Arbeitsplatz ist und ich auch nicht als Arbeitgeber, sondern als Freund oder Kumpel wahrgenommen werde, und ich natürlich niemanden rauswerfen werde – denn sowas machen nur die normalen

Arbeitgeber, die Arschlöcher, die abgehobenen Besserverdiener. Das wollte ich nie machen und nie sein. Also was tun? Ich muss ehrlich mit Johanna sprechen und den Wunsch formulieren, sie möge doch bitte besser drauf sein. Was soll das für eine Bitte sein? Wie kann man sich sowas wünschen, denke ich? Aber genau das ist das Problem, also muss ich es auch genau so sagen. Ich kann fragen, was denn nicht stimmt an den schlechten Tagen, aber dann muss sie eigentlich auch direkt wissen, was mich stört. Das Gespräch verläuft dann tatsächlich konstruktiver als gedacht. Johanna möchte sich ändern und mit besserer Laune arbeiten. Toll! Das ist ja was. Ich bin ein toller Gesprächspartner und kann auch die komplizierten und unangenehmen Probleme bei Katapult lösen, denke ich. Das Doofe: Johanna hält sich nur drei Tage an ihren Vorsatz. Dann geht wieder alles von vorne los. Fresse ziehen, keine Antworten geben, obwohl man nur zu viert im Büro sitzt, schlechte Laune verbreiten. Das gleiche Spiel von vorne, ich rede insgesamt drei Mal mit ihr darüber, aber es bringt nichts. Ich bin jetzt ziemlich schnell an meiner Grenze, wahrscheinlich grade deshalb, weil ich dachte, dass der Fall irgendwann mal gelöst sei. Okay, denke ich, ich mache mir jetzt noch in zwei schlaflosen Nächten Gedanken über ihr Verhalten und dann treffe ich eine Entscheidung. Wir müssen das jetzt klären, auch weil mir aufgefallen ist, dass ich mich im neuen Büro extra weit von Johanna weggesetzt habe. Das ist kein gutes Zeichen. Das kann so nicht bleiben. Also gibts ein nächstes Krisengespräch, diesmal aber mit einem großen Unterschied: Ich habe mich bereits entschieden, nicht mehr mit ihr zusammenarbeiten zu wollen. Sowas zu formulieren, ist unfassbar unangenehm und schwer. Ich entscheide in diesem Moment über das Einkommen, die soziale und psychische Situation eines anderen Menschen, ich entscheide über das Leben eines anderen Menschen – und im Falle von Johanna ist es doppelt hart, weil sie ein kleines Kind hat und auf das Gehalt angewiesen ist. Wie anmaßend ist diese Situation, aber es nützt alles nichts, ich muss eine Lösung finden und gebe mir noch mal eine schlaflose Nacht, in der ich mir genau überlege, wie ich es sagen will. Ronja übernimmt in diesen Momenten die wichtigste Aufgabe. Sie sagt mir, wenn ich überreagiere.

Dann ist es endlich so weit. Eigentlich will ich solch einen Termin immer nach hinten verschieben, aber im Großen und Ganzen muss es so schnell wie möglich erledigt werden, weil es mich unfassbar quält. Johanna und ich treffen uns im neuen Büro. Niemand anderes ist da. Also los. Sie sitzt mir gegenüber und wartet auf den Grund unseres Treffens.

»Ich möchte dir Folgendes anbieten. Wir müssen anerkennen, dass wir nicht gut zusammenpassen, deshalb sollten wir unsere Zusammenarbeit beenden.«

Johanna fängt an zu weinen.

»Ich möchte aber auf keinen Fall, dass du soziale Nachteile davon hast. Deshalb möchte ich, dass du dich ab jetzt woanders bewirbst, und erst wenn du was Neues gefunden hast, kündigen wir unseren Vertrag, okay?«

Johanna beteuert, wie sehr ihr die Arbeit Spaß macht und dass sie eigentlich alles ganz toll hier findet und dass es auch keinen konkreten Grund für ihre schlechte Laune gibt. Sie sei halt so. Ich sage, dass ich das so glaube und es trotzdem gerne beenden möchte, weil ich nur mit guter Stimmung arbeiten kann. Johanna stimmt meinem Vorschlag zu. Sie werde sich bei anderen Firmen bewerben. Ich möchte aber noch eine zweite Sache. Die Abmachung gilt für mich nur, wenn wir in dieser letzten Zeit, egal wie lange sie dauert, gut miteinander kommunizieren. Wir sind jetzt beide angeschlagen und die Gefahr ist groß, dass sie jetzt nicht mehr richtig mitmacht. Also wünsche ich mir, dass wir ab jetzt für den Rest der Zeit lieber immer einmal zu viel als zu wenig kommunizieren, immer einmal mehr anrufen und erzählen, was so los ist, immer einmal mehr Vertrauen schaffen. Johanna stimmt zu.

Okay, das war hart und unangenehm, sehr unangenehm. Aber es musste sein. Ich bin zufrieden. Ich bin mir sicher, dass wir eine gute Vereinbarung getroffen haben und Johanna verstanden hat, worum es jetzt wirklich geht. Am nächsten Tag bekomme ich eine Nachricht von Johanna: »Hallo Benni, ich fahre Montag und Dienstag nach Berlin und komme nicht zur Arbeit.« Wow, da sitze ich nun und dachte bis eben, wir hätten uns fair geeinigt, und nun gibt sie sich einfach selbst Urlaub, ohne einen Grund zu nennen? Wenn sie sich als Arbeitnehmerin selbst Urlaub gibt, weiß ich ja nicht mal, ob sie dann am Dienstag nicht noch mal entscheidet, die gesamte Woche freizumachen. Das ist alles Mist. Ich merke, dass sie nichts von dem verstanden hat, was wir gestern besprochen haben, und werde sauer. Mein Vertrauen ist jetzt auf null und ich möchte Johanna nicht mehr im Büro sehen. Deshalb schicke ich ihr eine fristlose

Kündigung. Ronja erzählt mir fünfmal, dass das juristisch gesehen nicht angemessen ist. Ich müsse ihr eher ganz normal, also fristgerecht, kündigen. Ich antworte, dass ich es aber jetzt so fühle, und mache es einfach. Ronja erwidert, dass das keine Sache von Gefühl ist. Das sei eine juristische Sache mit weitreichenden Folgen. Eine normale Kündigung wäre passender. Am nächsten Tag ruft Johanna an. Sie heult. Jetzt verstehe ich, was Ronja meinte. Das ist kein Spaß. Johanna erzählt mir, dass sie jetzt keinen Anspruch auf Arbeitslosengeld hat, weil es eben eine fristlose Kündigung ist. Ronja hatte recht, das hatte ich alles nicht bedacht. Das war ein Fehler, das wollte ich so sicher nicht. Also noch mal neu. Ich schreibe Johanna, dass ich ihr noch mal eine neue Kündigung schicken werde, diesmal nicht fristlos, aber natürlich mit Beurlaubung, weil ich sie nicht mehr im Büro haben will. Sie ist froh und sagt, »Danke, Benni, vielen Dank, Benni!« Sie ist so dankbar, als hätte ich ihr gerade einen Job gegeben. Ich fühle mich mies.

Das war die härteste Sache, die ich bisher bei Katapult machen musste, es war aber auch die wichtigste. Wenn Katapult keinen Spaß mehr macht, sind wir tot. Wenn das Team keinen Bock mehr aufeinander hat, sind wir tot. Katapult muss Spaß machen, sonst mache ich hier nicht mehr mit!

Mein Vater kommt mit überladenem Passat und Anhänger, auf die er drei Paletten neuer Magazine gestapelt hat. Wir wollen sie über einen Lastenaufzug in den Keller unseres neuen Büros bringen. Das passt mir ganz gut, es ist eine gute Ablenkung von der ganzen Kündigungsgeschichte. Mein Vater und ich stehen vor dem Lastenaufzug. Ich öffne die Tür und lese einen groß angebrachten Warnhinweis: »LEBENSGEFAHR! Nicht für Personen geeignet.« Haha, was soll denn hier Lebensgefahr sein, denke ich, und gehe in den Aufzug.

Mein Vater sagt: »Nee, Benni, das machen wir nicht. Komm mal raus da!«

»Was soll denn hier passieren?«

»Die haben das da sicher nicht umsonst hingeschrieben.«

»Das ist doch voll der fette Aufzug hier, klar können da Menschen mit rein.«

Ich schiebe die Palette in den Aufzug, mache ihn von innen zu und sage zu meinem Vater: »Drück mal auf Runter!«

»Nee, komm erst mal raus da!«

»Ach komm, Papa, dat is sicher.«

»Aber da steht doch Lebensgefahr drauf!«

»Das machen die überall«, sag ich, »überall Lebensgefahr, los, drück mal rauf da!«

Mein Vater drückt auf den Knopf und der Lastenaufzug setzt sich in Gang. Ich fahre mit der Palette nach unten. Es ist nur eine Etage, also was soll schon passieren? Der Lift fährt langsam runter und das Tageslicht verschwindet. Auf einmal ist es zappenduster, total dunkel. Ach deshalb ist das nicht für Menschen, die haben hier kein Licht installiert. Voll die Kloppis. Egal. Unten angekommen rufe ich meinem Vater zu, er soll mal die Tür aufmachen, damit ich wieder rauskommen kann. Drinnen sind keine Knöpfe. Aber ich bekomme keine Antwort. Noch mal: »Papa, mach mal auf, ich bin unten.« Mein Vater antwortet wieder nicht. Komisch, langsam denke ich, er bekommt die Tür nicht auf oder er wird sich gleich einfach melden und sagen: »Ja klar, ich mach dann mal die Tür auf.« Ich rufe jetzt etwas lauter: »Papa, bin da. Mach mal Tür auf jetzt!« Mein Vater antwortet: »Die Tür geht nicht auf.« Ja, schon klar, guter Witz. Aber da kommt keine Pointe. Ach du Scheiße, denke ich, die Tür geht nicht auf und auf dem Schild stand ja auch »LEBENSGEFAHR«. Jetzt fällt mir auch auf, warum. Es gibt hier drin ja gar keinen Luftschacht oder irgendeine Belüftung. Das ist ein kleiner, geschlossener Raum. Ach du Scheiße, Lebensgefahr, es ist dunkel, das heißt, es gibt keine Luftzufuhr, deshalb sollen Menschen hier auch nicht rein! Mir wird heiß, sehr heiß, ich ziehe mich bis auf die Unterhose aus, Lebensgefahr, denke ich, keine Luft, ich bekomme keine Luft mehr, wenn ich die Luft dieses kleinen Raumes verbraucht habe, ersticke ich. »Sehr schlechte Luft!«, rufe ich zu meinem Vater. »Papa, hier ist keine Luft! Ruf die Feuerwehr! Ich bekomm keine Luft!« Ich kann nicht mehr atmen, ich schwitze wie ein Schwein, mein Puls wummert und ich bekomme Platzangst, richtig große Platzangst. Eben noch habe ich die erste Kündigung meines Lebens ausgesprochen und jetzt liege ich Lappen nackt in einem dunklen, viel zu kleinen Lastenaufzug ohne Luftzufuhr und ersticke langsam und qualvoll.

INHALT

Benjamin Fredrich
ist einsprachig in Wusterhusen bei Lubmin
in der Nähe von Spandowerhagen aufgewachsen, studierte
Politikwissenschaft und gründete während seines Studiums
das KATAPULT-Magazin.

Aktuell pausiert er erfolgreich eine Promotion im Bereich der
Politischen Theorie zum Thema »Die Theorie der radikalen
Demokratie und die Potentiale ihrer Instrumentalisierung
durch Rechtspopulisten«.

Philipp Bauer und **Tim Ehlers**
haben diesen Roman lektoriert. Sie sind seit Anfang an bei
KATAPULT dabei und können alle Begebenheiten in diesem Roman
bezeugen. Das haben sie Benjamin Fredich versprochen. Alle Fehler
gehen auf Bennis Kappe, ist ja klar.
Bis auf einen.